라다크(Ladakh)

라다크의 하늘은 대단히 가변적이어서 한동안 가없이
맑은 모습을 보이다가도 때로는 엄청난 양의 구름이 서쪽으로부터 몰려와
히말라야에 한 차례 눈을 뿌려놓고서는 준령을 넘어간다.

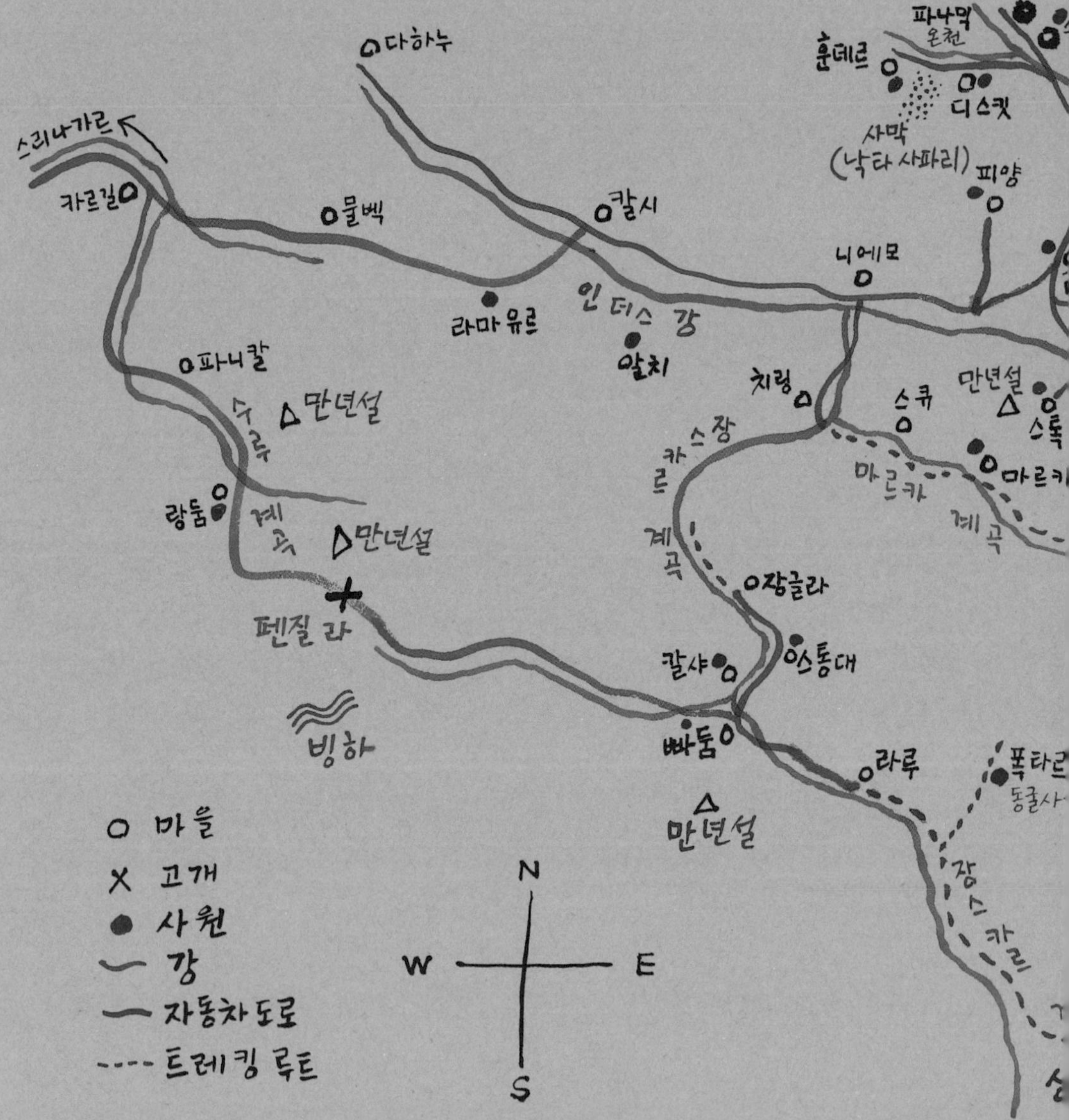

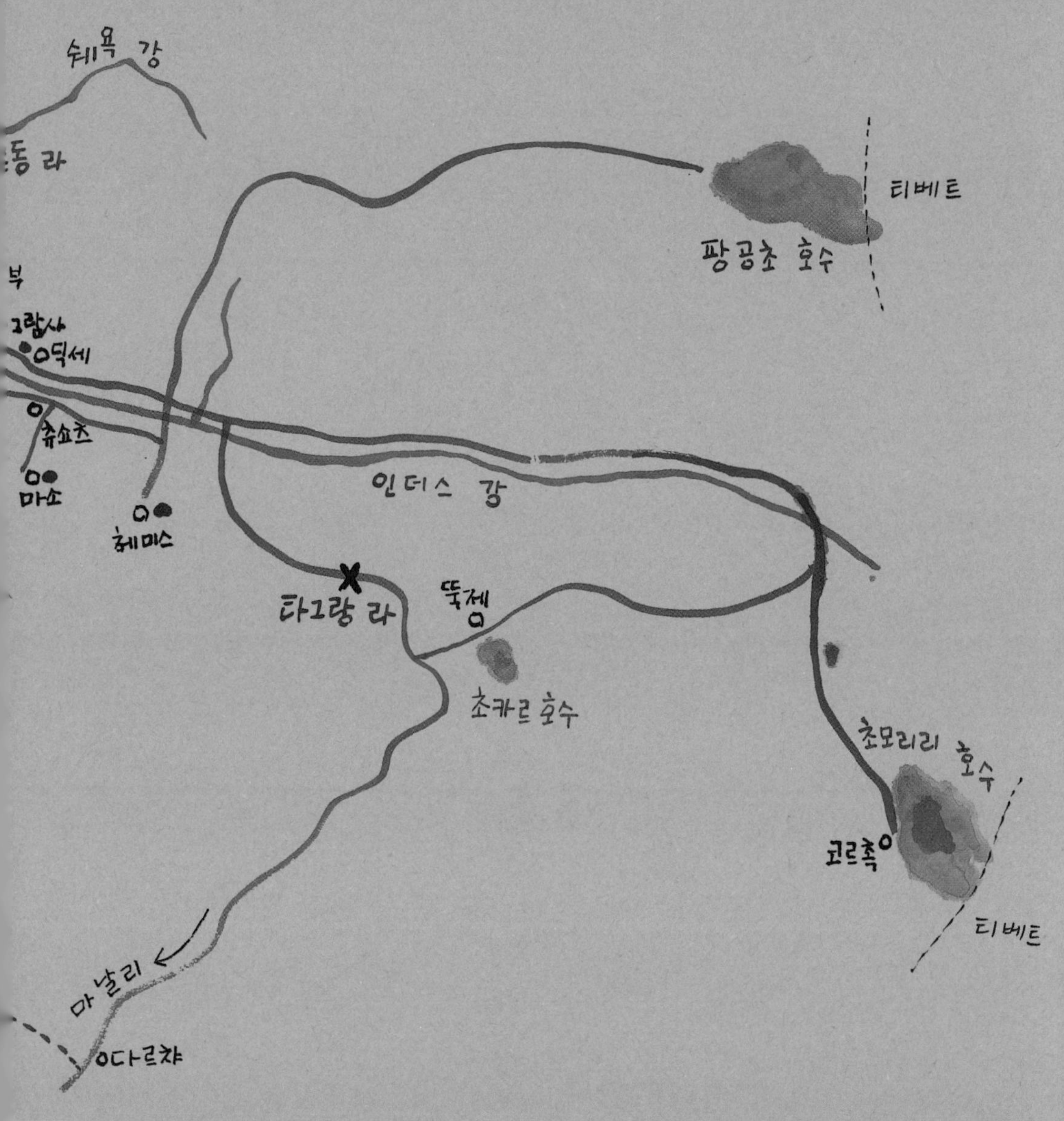
쉬욕 강
동 라
티베트
팡공초 호수
북
그람사
딕세
쥬쇼츠
마쇼
헤미스
인더스 강
타그랑 라
뚝젱
초카르 호수
초모리리 호수
코르촉
마날리
다르챠
티베트

라다크,
그리운 시절에 살다

라다크,

화가 최용건의 라다크 日記

Ladakh 갑자기 라다크엘 가고 싶어졌다. 그리고 그곳에 들어가 일 년 동안만이라도 라다키들과 함께 살다 돌아오고 싶어졌다. 그래야만 무기력하게 해체되어가는 나의 영혼과 육신이 다시 활기를 얻어 소생할 수 있으리란 믿음이 생겼다. 나는 그러한 속사정을 아내에게 털어놓았고, 야를 넘게 되었다.

그리운 시절에 살다

푸른숲

 일러두기

라다크는 히말라야 산맥이 북서쪽에서 남동쪽으로 뻗어 있는 인도 북서부, 파키스탄 접경 지역에 자리 잡고 있는 전설의 불교 왕국으로, 모든 문물이 티베트와 닮아 '작은 티베트'로 불리기도 한다. 10세기 중반에 건설된 뒤, 동서양의 문물이 서로 교류하던 실크로드의 중간 기착점으로 번성하기도 했으며, 당나라의 현장과 신라의 혜초 등 고승들이 머물며 불법을 전파한 흔적이 남아 있는 곳이기도 하다. 그러나 19세기 중반 라다크 왕국은 멸망하였고, 그 영토는 잠무카슈미르번왕국령(藩王國領)이 되었다. 그 후 인도 · 파키스탄 분리 독립 때 남쪽은 인도에, 북쪽은 파키스탄에 속하게 되었으며, 현재 인도에 편입된 라다크 지역은 레를 중심으로 독특한 자연 공동체를 이루며 살아가고 있다. 그리고 그런 라다크의 모습은 스웨덴 출신의 학자 헬레나 노르베리-호지의 책 《오래된 미래》를 통해 일반인에게 알려지게 되었다.

'행복'이라는 이름의 파랑새

행복이란 무엇일까? 이제는 닳고 닳아 대중잡지 표지의 여배우 모습만큼이나 통속적으로 여겨지는 그 화두를 품고 나는 히말라야 너머 땅 설고 물 선 나라, 머나먼 라다크까지 다녀왔다. 도인들의 삶이 거창한 도의 경지에 이름에 있다면 나와 같은 범부(凡夫)의 삶은 오로지 그 목표가 소박한 행복에 있기 때문이다.

생의 어느 한 순간만이라도 행복의 길을 한가로이 걸어보고자 나는 그림을 그리기 시작했으며, 직장 생활을 하기도 했고 또 그만두기도 하였다. 그뿐만 아니라 도회의 삶을 접고 오지를 택하기도 했다. 행복한 삶이란 재화의 많고 적음과는 관계없이, 또는 사회적 지위의 고하와도 관계없이 오로지 선한 마음과 선한 마음의 약속인 도덕적 삶을 견지할 때에만 가능하리란 판단에서였다. 그러니까 부도덕한 권력자나 부도덕한 부호의 좌불안석한 삶보다는 차라리 자신의 무능을 골백번 시인해가며 저만치 빗겨나 마음 편히 살아가는 걸인들의 삶이 더 행복하리라 생각했다. 한편으론 그러한 삶들이 모여 부락을 이룬 '샹그리라'가 히말라야 너머 어디쯤엔가 있지 않을까 꿈을 꾸기도 했다.

그런 내가 라다크 사람들의 삶에 관심을 갖게 된 것은 1990년대 중반, PC통신 하이텔의 '아시아 문화 탐구' 동호회 활동을 하면서부터였고, 특히 스웨덴 출신의 학자 헬레나 노르베리-호지의 《오래된 미래》라는 책을 접하고서 더욱 그랬다. 그 후 행복의 견인차라 할 수 있는 따뜻한 '미소'를 잃지 않으며 살아간다는 라다키들의 삶이 몹시 궁금해졌다. 더욱이 그 당시 나는 그림도 매너리즘에 빠져 창작 활동뿐만 아니라 삶의 모든 면들이 무기력하게 무너져내리기만 하던 터였다.

갑자기 라다크엘 가고 싶어졌다. 그리고 그곳에 들어가 일 년 동안만이라도 라다키들과 함께 살다 돌아오고 싶어졌다. 그래야만 무기력하게 해체되어가는 나의 영혼과 육신이 다시 활기를 얻어 소생할 수 있으리란 믿음이 생겼다. 나는 그러한 속사정을 아내에게 털어놓았고, 아내는 나의 제의에 흔쾌히 공감해주었다. 그렇게 해서 우리 부부는 마침내 꿈에 그리던 샹그리라, 라다크를 찾아 히말라야를 넘게 되었다.

이 책의 글들은 지난 2003년 3월부터 2004년 2월까지 일 년간 라다크에 머물며 남긴 기록들이다. 그곳에 머무는 동안 나는 그 어느 때보다 더 나의 그림 수업에 깊이 침잠할 수 있었고, 부족한 살림살이지만 웃음을 잃지 않고 살아가는 선한 사람들과 함께 지낼 수 있어 좋았다. 그리고 삶이란 파란 하늘을 찢는 히말라야처럼 절박한 기운으로 넘치는 신선한 신앙이라는 사실을 확인할 수 있었다. 그러는 한편 《오래된 미래》의 현장에서 지내며 외부에서 바라보는 시각과 현지인들의 정서가 반드시 일치하는 것만은 아니라는 사실도 확인할 수 있었다.

행복이라는 이름의 파랑새는 문명의 도움 없이는 날 수 없는 것일까? 레에서 자동차와 말을 타고 1박 2일간을 들어가야 닿을 수 있는 깊은 오지 마을 마르카나 창탕의 유목민 텐트촌까지도 LPG 가스통이 어김없이 들어와 있었다. 짜(소똥)를 때어서 취사를 한다는 것이 얼마나 고통스럽고 불편했으면 그럴 것인가. 그래서 나는 궁핍하고 불편한 삶을 살아가는 그들에게 더 이상 반(反)개발의 삶을 역설한다는 것은, 풍요와 편리로 길들여진 선진 산업사회 구성원들의 위선일 수도 있겠다 생각하였다. 정작 스스로는 그러한 삶을 기피하면서 타인의 삶을 통해서나마 대리만족을 얻으려는……. 모쪼록 부족하기만 한 나의 라다크 이야기가 욕심의 정점을 향해 치닫는 우리의 삶에 제동 장치가 되어 마음속의 평화를 얻을 수 있는 한 가닥 실마리가 되었으면 하는 소박한 바람을 가져본다.

이 책이 나오기까지 도움을 준 여러 친지들과 푸른숲 출판사 가족, 그리고 세상에서 가장 험준한 장스카르 계곡의 오지 마을까지도 말없이 동행해준 아내에게 깊은 감사의 마음을 전한다.

2004년 10월

내린천 하늘밭 화실에서　최 용 건

그리움의 극지, 라다크

이곳이 내가 그토록 오랫동안 영혼으로 그려왔던 그리움의 극지, 라다크런가.

인디라간디공항에서 제트에어웨이 항공사 국내선 여객기를 타고 델리에서 이륙한 시간은 아침 7시 10분이었다. 거대한 도시가 시야에서 사라진 지 불과 이십 분도 채 되지 않아 히말라야 산자락들이 나타나기 시작했고, 곧이어 하얀 눈으로 뒤덮인 히말라야 산맥이 눈 아래 가득 전개되었다. 그리고 흰색의 바다가 연출해내는 뜻하지 않은 장관에 그만 압도되고 말았다. 신의 언어는 단순하여 저토록 위엄에 차 보이는 걸까. 하얀 계곡 사이로는 여울인 듯 까만 흐름이 한동안 계속되다가 사라졌다.

이십 분 정도를 더 날아가니 비행기의 날개가 좌우로 크게 흔들렸고, 눈이 녹아 마치 달 표면의 분화구처럼 보이는 라다크 분지가 손에 잡힐 듯 가까이 눈에 들어왔다. 이제 착륙을 위해 비행기가 고도를 낮추기 시작한 것이다. 비행기가 레 공항의 활주로에 착륙하여 계류장에 완전히 멈춘 시각은 8시 10분. 그러니까 델리의 공항을 이륙한 지 꼭 한 시간 만의 일이다.

차가운 공기를 들이마시며 소남과 함께 공항 문을 나서려니 소남의 형과 푼촉, 그리고 푼촉의 친구 상케이가 자신의 택시를 몰고 나와 대기하고 있었다. 델리를 떠나기 전 소남이 미리 연락을 취해두었던 것이다.

땅을 밟았다. 가슴이 뭉클하도록 저려왔다. 이곳이 내가 그토록 오랫동안 영혼으로 그려왔던 그리움의 극지, 라다크런가. 처음 바라본 라다크 땅은 온통 잿빛으로, 푸른 생명 이전의 빛을 띠고 있었다. 물론 이곳은 아직 겨울이라 더욱 그럴 테지만.

공항에서 호텔까지 이르는 레 거리는 먼지를 뒤집어쓴 채, 낮은 건물들과 좁은 길들이 냇물처럼 흐르고 있었다. 나는 지금 문명이라고 하기엔 지극히 수줍은, 문명 이전의 생명 발아점에 와 있는 것이다. 이제 인류의 문명은 티베트 카일라스 산에서 발원한 인더스 강을 따라 라다크를 경유하여 아래로 아래로 흐르며 풍요라는 허울 좋은 미명과 함께 점점 더 오만해지고 비대해져갈 것이다.

레의 중심가에 있는 강그리 호텔에 여장을 풀었다. 겨울철이라 문을 연 숙소가 몇 되지 않았다. 콧수염을 한 젊은 지배인은 인상으로 보아 카슈미르 사람인 듯하였고, 라다크 청년들을 종업원으로 고용하여 호텔을 운영하고 있었다. 지배인은 매우 친절하였으며 종업원들은 수줍어 보일 정도로 우리에게 겸손하였다.

현재로선 우려했던 고산병 증세가 나타나지 않고 있다. 실내에서 걸

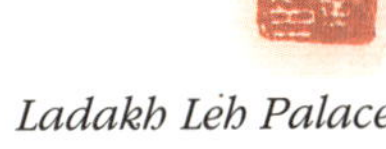

Ladakh Leh Palace

어보면 약간의 어지럼증이 있는 것 같기도 하고, 없는 것 같기도 하고……. 그저 그런 정도다. 나뿐만 아니라 아내도 그렇다고 한다. 델리를 떠날 때 고산병 약을 미리 복용했기 때문인 것 같다. 아니면 우리의 체질이 본디 고산병하고는 인연이 먼 때문일지도 모르겠다. 어쨌든 다행스런 일이 아닐 수 없다.

이제 이틀간 이곳에 머무르며 해발 3,500미터 높이의 고도에 적응한 다음 레에서 택시로 이십 분 거리에 있는 딕세 마을 푼촉의 이모네로 갈 것이다. 해발 3,500미터라……. 우리 나라에서 가장 높은 산인 백두산의 2,744미터보다도 무려 700미터 이상이나 더 높은 고도에 올라온 것이다. 호텔 창밖으론 히말라야가 흰눈을 뒤집어쓴 채 침묵하고 있고, 마당의 양지 바른 곳에서는 벨기에에서 관광 온 여행객들이 어울려 잡담을 나누고 있다. 이제야 비로소 피로가 몰려오려 한다.

줄레!

행인들이 우리에게 웃는 얼굴로 "줄레~" 하며 인사를 건넸다.

새벽 공기를 가르는 알 수 없는 읊조림이 들려와 눈을 떴다. 아마도 인근 이슬람 사원에서 들려오는 독경 소리이리라. 마치 야행성 동물의 울부짖음을 연상케도 하는 그 소리는 들으면 들을수록 신비하게 느껴진다. 라다크 지역에는 본디 티베트 불교가 주류를 이루고 있지만 서쪽 카슈미르 지방에서 이주해온 사람들도 있어 라다크 인구의 약 30퍼센트는 회교도라고 한다.

지금 시각은 새벽 5시. 고산병이 오면 구토 증세라든가, 현기증, 불면증, 숨가쁨 등의 증세들이 느껴진다는데 하룻밤을 지나면서까지 그 어떤 증세도 찾아오지 않는 것을 보면 아무래도 고산병 예방 약인 다이아막스 덕을 톡톡히 보는 것 같다. 이제 더 이상 약을 복용하지 않아도 좋을 듯하다.

그동안 인도에 머물면서 신체상의 알 수 없는 병증이 두 가지 나타났는데, 하나는 나와 아내가 똑같이 손을 중심으로 한 부위에 모기에 물린 듯한 붉은 반점이 생긴 것이다. 가렵지 않은 것으로 보아 분명히 모기에 물린 것은 아닌 것 같고, 추측컨대 물을 바꿔 마신 때문이거나 아니면 다이아막스를 복용했기 때문이 아닌가 싶다. 그리고 남은 한 가지 이상 증세는 이따금씩 양 손가락이 전기에 감염된 듯 저리다는 것이다. 아무튼 시간이 좀 더 지나봐야 할 것 같다.

호텔 방이 그리 따뜻한 편은 아니지만 밤새 가스히터를 틀어놓아 그런대로 잘 만하였다. 에너지 자원이 극도로 빈약한 지역이라 앞으로 날씨가 풀리기 전까지는 훈훈한 겨울 밤을 나기란 어려울 것 같다. 인도 본토만 하더라도 전력 사정이 좋아 전자제품을 사용하는 데는 그리 큰 불편이 없다지만 라다크 지역에서는 자체적으로 화력 및 수력발전을 일으켜 공급해야 하기 때문에 때에 따라서는 전력 공급이 제한적일 수밖에 없다고 한다. 라다크의 수도인 레를 포함하여 전기가 공급되는 인근의 전 지역에서는 일몰 후 다섯 시간 동안만 전기가 공급되고 있다고 하며, 전압도 불안정하여 전기 제품을 쓰자면 전압을 일정하게 유지시켜주는 스태빌라이저를 사용해야 한단다.

토스트에 우유로 아침식사를 간단히 한 다음 아내와 함께 카메라를 들고 시내 산책을 다녀왔다. 등교 시간이라 그런지 교복을 입은 초등학생부터 고교생에 이르기까지 걸어서, 또는 스쿨버스로 부지런히 등교하는 모습이 눈에 띄었다. 거리를 달리는 차들은 대부분 노후된 차량이라

액셀러레이터를 밟으면 시커먼 매연이 뿜어져나왔다. 그럴 때마다 우리는 고개를 옆으로 돌려야 했다.

딱히 갈 곳도 마땅치 않아 등교하는 학생들의 뒤를 따라 천천히 걷기로 했다. 무어라 알 수 없는 소리로 조잘거리며 걸어가는 아이들, 학년 초라 어머니 손에 이끌려 가는 아이들, 가게에 들러 군것질거리를 사는 아이들을 바라보며 걷노라니 우리의 어린 날들이 떠올랐다.

라다크 전통 복장을 한 행인들의 모습을 촬영하고 싶었는데 혹시 그들에게 카메라를 들이대는 것이 결례를 범하는 것은 아닐지 몰라 등교하는 아이들의 모습이라든가, 마을의 모습, 또는 마을 바로 뒷산에 높이 솟아 보이는 레 왕궁만 찍고 말았다.

지나는 행인들이 우리에게 웃는 얼굴로 "줄레~" 하며 인사를 건넸다. 우리도 따라서 "줄레~" 하며 답례하여주었다. 낯선 이방인에게도 스스럼없이 먼저 인사를 건네는 라다크 사람들의 넉넉한 마음씨가 부러웠다.

마을 곳곳마다 세워져 있는 하얀 쵸르텐(탑)과 집집마다 지붕 위에 경문을 기록하여 줄에 매달아놓은 오색 타르쵸(깃발)들이 인상적이다. 파란 하늘을 배경으로 하여 가볍게 펄럭이는 그 깃발들은 마치 출어를 위해 포구에 정박해 있는 어선들의 깃발을 연상케 한다.

딕세를 향하여

날이 어두워지자 전깃불이 들어오니 아내는 행복하다고 한다.

9시가 되어 소남과 푼촉과 상케이가 우리가 묵고 있는 호텔 방으로 들이닥쳤다. 이 세 인물들로 말할 것 같으면 우리가 라다크에 무사히 안착하는 데 큰 공헌을 하고 있는 일등공신이라 할 수 있다. 소남은 일찍이 업무 차 한국에서 2년간 지낼 때 진동리의 하늘밭 화실에도 다녀간 경험이 있는 한국통이며, 이번 여행에 있어 델리의 공항에서부터 라다크의 레를 경유하여 딕세에 있는 푼촉의 이모네까지 우리를 안전하게 안내해 줄 라다크 청년이다. 앞으로 여행과 관련된 일을 하고 싶어하는데 마땅한 일자리가 하루빨리 나타나주었으면 좋겠다. 그리고 푼촉은 소남의 친구로서 중등학교 교사로 발령 나기를 기다리는 중이며, 상케이는 푼촉의 친척이자 일찍이 결혼을 하여 두 형제를 둔 가장으로 현재 레에서 택시 운전을 하고 있다.

호텔을 출발하여 아스팔트 포장도로를 따라(포장도로라 봐야 차선도 그려져 있지 않은 시골길이다) 택시로 이십칠 분 정도를 달려온 곳은 딕세 마을의 푼촉네 이모 집이다. 이층집인데 의외로 실내는 깨끗하였고, 낯선 나라에서의 이상한 냄새들이 나지 않아 좋았다. 하지만 무엇보다 내 마음을 사로잡은 것은 우리가 묵을 이층 방의 넓은 창 가득히 하얀 눈을 이고 있는 히말라야가 파노라마로 전개되고 있다는 점이다. 나는 잠시 만년설이 연출하는 흰색의 다양성에 매료되어 넋을 잃었다.

주인 내외의 따뜻한 영접과 함께 젊은 친구들이 돌아간 후 우리는 가져온 짐들을 풀어 살림방을 꾸미기 시작했다. 실내의 바닥에는 양탄자가 깔려 있고 방 한가운데에는 난로가, 그리고 벽 밑으로는 삼단요 같은 잠자리가 마련되어 있었다.

해가 떨어지자 실내의 기온이 내려가기 시작했다. 한낮엔 온실효과 때문에 그리 추운 줄 몰랐는데, 밤 9시가 다 되어가는 현재의 바깥 기온은 영하 6~7도 가량은 되는 것 같다. 주인 아저씨가 콧노래를 부르며 올라와 짜라고 불리는 소똥 말린 덩어리로 난로에 불을 지펴주었다. 말로만 듣던 짜의 화력은 생각보단 상당히 세었다. 사람들의 소음이 없고, 낯선 냄새가 없고, 방 안엔 훈기가 감도니 저녁 시간을 보내는 재미가 쏠쏠하다.

우유와 '따기'라는 라다크의 빵과 감자조림으로 저녁식사를 마쳤다. 그리고 짜이를 한 잔씩 마셨다. 우유에 버터와 홍차 종류를 타서 만든 것인데, 첫 맛은 좀 데데하였지만 그런대로 친근감을 주는 구수한 뒷맛이 있어 마실 만하였다. 날이 어두워지자 전깃불이 들어오니 아내는 행복하다고 한다.

　요즘은 라다크어를 익히기 위해 레 서점에서 구입한 영문판 라다크어 교본을 펴놓고 틈틈이 공부를 하고 있다. 어순이 우리말과 비슷한 점이 있어 말을 익히는 데 그다지 어렵게 느껴지지는 않는다. 전등이 있기는 하나 조도가 매우 낮아 책을 읽을 정도는 못 된다. 내일은 가게에 나가 양초를 사 오든지 해야겠다.

내 마음의 풍금

빛이 날아와 앞산 봉우리에 황금빛으로 찬란하게 부서진다.

히말라야의 아침은 날카롭게 밝아온다. 빛이 날아와 앞산 봉우리에 황금빛으로 찬란하게 부서진 시각은 오전 6시 45분. 신심이 독실한 주인 아주머니는 어제 그러했던 것처럼 오늘 아침에도 이층에 꾸며둔 조캉(예배실)에 들어가 "옴 마니 밧메 훔" 하며 6자 진언을 왼다. 그 시간에 아저씨는 홍얼거리며 짜를 들고 올라와 우리 방 난로에 불을 지펴준다. 어딜 가나 남자들에 비해 여자들의 신심이 더 깊은가 보다. 비록 사흘밖에 되지 않았지만 이제껏 아저씨가 경문을 외는 소리는 한 번도 들어보질 못했으니까. 난로 속에서 불꽃이 활활 이글거리는 소리가 들리니 실내에 훈기가 감돌기 시작한다.

오후가 되어 소남과 푼촉이 우리 방으로 놀러 왔고, 딕세의 이웃 마을에 나가 살고 있는 앙모라는 이름의 주인집 딸 가족도 왔다. 딸네는 매주 주말이면 이곳 딕세의 친정집에 다니러 온다는데, 그들은 맞벌이부부로

딸은 집 근처 딕세의 공립 초등학교 교사로 근무하고 있고, 사위는 레에서 약 150킬로미터 정도 떨어진 누부라의 디스킷 농업기술연구소에 근무한다고 한다. 디스킷 마을이 있는 누브라와 레 사이에는 세계에서 가장 높은 자동차 고갯길인 해발 5,606미터의 카르동 라가 있는데, 어제 가까스로 제설 작업이 이루어져 오늘 이곳으로 넘어올 수 있었단다. 그러니까 그들은 맞벌이부부이자 주말부부인 것이다.

라다크 사회에서 맞벌이 주말부부라……. 다소 뜻밖이었다. 아마도 지난날 자급자족적인 농경생활만으로 영위되던 라다크인의 삶이 근래 개방으로 인한 경제 규모의 확장과 더불어 소박하나마 일자리 창출이 다양하게 이루어져, 일부 가정에서는 맞벌이라든가 주말부부와 같은 새로운 패턴의 삶이 나타나게 된 것이 아닌가 싶다.

처음으로 많은 사람들과 함께 둘러앉아 식사를 하려니 저녁 시간이 즐거웠다. 식사 후에는 소남과 푼촉을 비롯한 온 가족이 텔레비전이 있는 아래층의 창사(부엌)로 내려가 우리가 한국에서 가지고 온 〈내 마음의 풍금〉이라는 영화를 보았다. 1960년대 산리라는 강원도 어느 산골 마을의 초등학교에서 제자가 총각 선생님을 짝사랑하는 애틋한 내용이다.

등장하는 인물들의 편평한 몽고리언 계통의 생김새라든가, 마을과 학교에서 벌어지는 사건들이 이곳 사람들의 모습이나 실정과 비슷하다고 느껴서인지, 인도나 서양 사람들이 등장하는 드라마에 식상해 있던 라다키들은 곧 친밀감을 느끼며 상영 시간 내내 주인공에게 동정심을 보이거나 큰 소리로 웃음을 터뜨려가며 즐거워하였다.

히말라야의 별

수많은 별들이 캐러밴의 행렬처럼 대서사시적으로 보인다.

히말라야와 별, 그리고 라다크 평원……. 단순하지만 아무리 바라보아도 싫지 않은 풍경들이다. 매일같이 그들이 전해주는 메시지를 가슴속에 다 담을 수 없어 아쉬워하고 있다. 하늘의 별들을 바라볼 때 진동리에서는 별빛의 촉광 수만을 헤아리기에 바빴으나, 이곳에선 수많은 별들이 캐러밴의 행렬처럼 대서사시적으로 보이기도 하고, 그런가 하면 바라보는 사람과 별 사이에 결코 서로가 무관치 않은 영혼성 같은 것이 깃들어 있는 것처럼 보이기도 한다. 그래서 내가 마지막으로 돌아갈 곳은 흙이 아니라 어쩌면 한 점 별일 것만 같은…….

밤하늘이 깊다 못해 푸르다. 저만치 라다크 평원에 유성이 지니 머리가 아프다.

곤체이를 입고

라다키 복장을 하고 지내야 그들의 마음씨를 좀 더 깊이 헤아릴 수 있을 것 같다.

소남과 레에 나갔다. 현금을 무작정 몸에 지니고 있기가 부담스러웠고, 한편으론 돈이 바닥날 경우 한국에서 송금을 받을 수 있도록 은행에 예금계좌를 개설하기 위해서다. 계좌 개설을 위해 담당 직원에게 여권과 비자, 사진 두 장을 제출한 다음 체류 기간과 체류 목적 등 몇 가지 사항에 대해 간단히 답변을 쓰면 되었다.

돌아올 때에는 바자르에 들러 라다크의 전통 복장인 곤체이를 구입하였다. 가격은 600루피. 아무래도 라다크에 들어와선 라다키 복장을 하고 지내야 그들의 마음씨를 좀 더 깊이 헤아릴 수 있을 것 같다. 나의 사고는 종종 환경에 지배를 받아왔으니까……. 자줏빛 곤체이를 입고 시장을 빠져나오려니 길을 지나던 행인들이 나를 보고 고개를 갸우뚱하였다. 라다키인 것 같기도 하고, 아닌 것 같기도 하고……. 그만큼 라다키와 우리의 모습은 같은 몽고리언 계통으로서 여러모로 많이 닮아 있다.

동네 **나들이**를 나가다

만나는 사람마다 서로 "줄레~!" 하며 인사를 나누었다.

길을 걷노라면 발끝에서 먼지가 풀썩풀썩 일어난다. 게다가 트럭이라도 지나칠 때면 한동안 먼지를 뒤집어쓴 채로 망연자실해야 한다. 거의 일 년 내내 건조한 날씨 때문이다. 연간 총강수량이 120밀리미터도 되지 않는 데다 그것도 대부분 겨울철 눈으로 내려, 분지의 일부는 사막화되어가고 있다. 사정이 그렇다 보니 숨을 쉴 때마다 코 안이 메말라 껄끄럽다. 그래서 잠을 잘 때 거즈에 물을 묻혀 코 위에 올려놓아보기도 했다.

오늘은 이웃 동네로 나들이를 다녀왔다. 우리가 머물고 있는 집과 달리 그곳은 이웃이 서로 가까이에 있어 골목길에는 제법 사람들의 왕래가 잦았고, 구멍가게도 있었다. 아이들이 먼지를 뒤집어쓴 채로 크리켓 놀이를 하고 노는가 하면, 조(숫야크와 암소의 교배종)는 조대로 당나귀는 당나귀대로 서로 어울려 한가로움을 즐기고 있었다.

저녁때가 가까워지면서 공동 상수도 펌프장에는 동네 아주머니들이

물을 길러 나왔다. 만나는 사람마다 서로 "줄레~!" 하며 인사를 나누었
다. '줄레'는 다양한 경우에 사용되는 라다크 고유의 인사말로 주로 만
날 때나 헤어질 때, 고마움을 표시할 때 사용되곤 한다. 이제 라다크 생
활 칠 일째, 라다크 말을 빨리 배우기 위해서라도 이 골목을 자주 지나는
것이 좋을 것 같다. 아이들과 어울리면서 두서없이 지껄일 때 가장 빨리
말을 배울 수 있으므로.

노천 학교

이때까지 세속에 젖어 살아온 내가 어떻게 저토록 순수한 눈매들을 응시할 수 있을까.

　근처 초등학교에 근무하는 주인집 딸 앙모가 점심식사를 하러 집엘 들렀다. 앙모는 삼십대 중반의 여성으로 대부분의 라다크 여자들이 체격이 별로 크지 않은 것과 달리 키가 훤칠했으며, 이목구비도 뚜렷하였다. 그리고 라다크의 전통 의상인 곤체이를 입어도 그렇게 뚱뚱해 보이거나 하지 않았다.

　식사를 마친 후, 앙모가 자기네 학교를 구경하러 가지 않겠느냐고 해서 그러자 했다. 그사이에 날씨가 많이 풀렸다. 한낮에는 햇살이 따갑게 느껴질 정도다. 아마도 3월 하순으로 접어든 요즘의 진동리 날씨도 그럴 것이다. 그곳도 이곳처럼 마을 곳곳에서 밭을 갈기 시작했을 것이다. 그러나 진동리와는 달리 밤 기온이 낮아 일교차가 심한 이곳에서는 아침에 일어나 보면 개 물 그릇에 얼음이 두껍게 얼어 있곤 한다.

　수많은 쵸르텐들이 서 있는 들녘을 지나 약 칠 분 가량을 터벅터벅 먼

지를 일으키며 걷자니, 아주 작고 허름한 동네 곰파(寺院)가 나타났고, 그 앞뜰에는 땟국이 쪼르르 흐르는 코흘리개 조무래기들이 모여 앉아 선생님을 기다리고 있었다. 가만히 보니 교실이 따로 없이 곰파의 마당을 빌려 수업을 하는 모양이었다. 그러니까 칠판 하나만 덩그라니 걸려 있는, 이름 그대로의 노천 교실이었다. 학동들은 모두 열두 명. 선생님은 학생들을 일으켜 세우고 우리를 소개하며 인사를 시켰다.

"줄레~! 여러분, 나는 머나먼 한국이라는 나라에서 온 화가입니다. 이렇게 여러분을 만나게 되어 매우 반갑습니다. 공부 열심히 해서 훌륭한 사람 되세요."

아이들에게 영어로 인사를 건넸다. 가슴이 뭉클해왔다. 이렇게 히말라야 너머 먼 곳까지 찾아와 뜻하지 않은 장소에서 뜻하지 않은 아름다운 눈망울들과 해후를 하게 되다니……. 남루함을 지탱케 해주는 힘은 그 이면에 내재해 있는 순수, 곧 영혼의 창인 눈동자라는 사실을 나는 잘 알고 있다. 그런데 이 나이, 이때까지 세속에 젖어 살아온 내가 어떻게 저토록 순수한 눈매들을 응시할 수 있을까 싶으니 자괴감이 앞섰다.

피할 수 없는 운명

전기가 나간 후 때가 낀 손으로 촛불을 밝힐 때의 외경감이란…….

나의 천성이 게으른 탓도 있겠지만 물 사정이 아주 열악한 이곳에서는 세수할 때 물을 충분히 사용할 수 없어 피부가 서서히 거뭇거뭇, 데데해져간다. 그리고 무엇보다 피할 수 없는 운명은 수치스럽게도 손톱 밑에 때가 끼기 시작했다는 것이다. 당나귀와 놀던 손 그대로, 소똥 만지던 손 그대로 밥을 먹고 잠자리에 든다. 하지만 신기하게도 불결하다는 생각은 조금도 들지 않는다. 당나귀는 물론 소똥도 그 속에는 거름으로서 농작물의 성장을 촉진시킬 수 있는 힘이 깃들어 있고, 실내를 따뜻하게 덥힐 수 있는 가슴 뜨거운 인자가 내재해 있어 하나의 아름다운 생명체로 여겨지기 때문이다. 그리고 전기가 나간 후 때가 낀 손으로 촛불을 밝힐 때의 외경감이란……. 이것이야말로 천사의 날갯짓보다도 아름답고 경건한 '궁핍의 미학'이 아닐까.

산간 마을로 가다

건조한 날씨 때문에 라다크는 바짝 말라 있다.

소남과 함께 레에 나가 제과점에서 식빵과 케이크를 사가지고 스톡에 있는 소남네 집을 방문했다. 선물로 과일이 좋을 듯했는데 조카 아이들이 과일보다는 빵을 더 좋아한다기에 그렇게 하였다. 레에서 스톡까지의 거리는 버스로 약 사십 분 가량, 그러니까 딕세보다 조금 더 가까운 거리이다. 라다크에서 레와 카르길 다음으로 큰 마을인 초그람사에서 우회전하여 들어서려니 곧바로 인더스 강을 건너는 다리가 나타났고, 계속하여 그 길로 이십 분쯤을 더 올라가니 산자락 밑의 비탈진 곳에 소남네 집이 있었다. 평지에 자리 잡은 딕세와는 아주 다른 전형적인 히말라야의 산간 마을이었다.

대문을 들어서니 큰어머니와 조카 아이들이 나와 우리를 맞아주었다. 그러고는 우리의 목에다 흰색 실크 천으로 만든 카닥(목도리 같은 것)을 걸어주어, 그야말로 정중한 환영의 인사를 표해주었는데, 카닥을 손님

의 목에 걸어주는 것은 '나의 깨끗한 마음을 그대에게 바칩니다' 라는 소중한 뜻이 담긴 라다키만의 손님맞이 풍습이라고 한다.

우리는 이층의 채광이 좋은 방으로 안내되었고, 잠시 후 큰어머니를 비롯한 어머니와 누나, 형 내외, 그리고 조카 아이 둘, 그렇게 아버지를 제외한 모든 식구들이 이층 방으로 모여들었다. 소남의 아버지는 초그람사의 공공시설 경비를 담당하고 있어 비번 때면 가끔씩 집에 다니러 온다고 한다. 말이 통하는 사람이라고는 오로지 소남 한 사람뿐. 소남이 이야기를 멈추면 남은 사람들은 그저 말없이 서로의 얼굴만 바라보며 환하게 미소 지을 뿐이다.

라다키들이 직사광선으로 인해 검게 그을린 피부와 잔주름 때문에 대체로 나이보다 좀 더 늙어 보이는 편이긴 하지만, 소남네 식구들은 농사일로 뼈가 굵어온 집안이라 그런지 특히 더 그러해 보였다. 소남의 어머니는 예순다섯 살이라는데 내 보기엔 일흔다섯 정도는 되어 보이고, 누나는 서른다섯이라는데 마흔다섯 살 정도는 되어 보였다. 그러니까 한국 사람보다 대체로 10년 정도는 더 나이가 들어 보이는 것 같다.

그러지 않아도 언젠가 때가 되면 식구가 많은 소남네 방 한 칸을 얻어 살림을 해야겠다고 생각했던 터인데 가족의 분위기가 이쯤 되고 보니 그 시기를 앞당겨야겠다는 생각이 든다. 더욱이 그동안 라다크에 들어와 열흘 정도를 지내는 동안 모든 음식에서 카레나 형용할 수 없는 이상야릇한 냄새들이 나 먹기가 매우 힘이 들었다. 그래서 방을 얻어 음식을 직접 만들어 먹는 자취 생활이 좋겠다는 생각을 하였던 터이다.

딕세로 돌아가 주인 아주머니에게 사유를 말씀드리고는 짐을 챙겨 소남네 집으로 이사를 했다. 한 달 이상 있기로 약속해놓고서는 불과 열흘만에 있던 집을 나오자니 몹시 송구스러웠다. 한 달에 7,000루피를 주고 있기로 했는데 이럴 때는 얼마를 지불하고 집을 나와야 할지……. 아주머니는 그냥 가도 좋다고 극구 사양하였지만 그럴 수는 없는 일이었다. 그래서 3,000루피를 이불 위에 올려놓고 아쉬운 작별 인사를 하였다. 남은 가족들이 출타 중이어서 인사를 나누지 못하고 떠나온 것이 내내 마음에 걸렸다.

소남네 양지바른 이층 방을 우리의 거처로 사용하기로 했다. 식사와 석유난로에 드는 난방유는 모두 우리가 부담하기로 하고 방값으로 매월 2,500루피를 지불하면 어떻겠느냐고 먼저 제안하였다. 보통 레 시내의 방 값이 500~1,000루피 정도 하는 것을 감안한다면 부족한 액수는 아닐 거라는 확신을 가지고 한 제안이었다. 역시 예상했던 대로 만족해하였다. 사실 소남을 통해 나와 아내가 라다크에 정착하는 데 큰 도움을 받고 있는 점을 감안한다면 그 정도의 액수는 그리 큰 부담이 아닐 것이다. 그리고 강물이 위에서 아래로 흐르는 것처럼, 예전과는 달리 한국처럼 잘나가는 나라의 사람이 라다키에게 다만 얼마만큼이라도 마음을 더 쓰는 것이 세상살이의 아름다운 미덕이 아닐까 하는 생각도 들었다.

건조한 날씨 때문에 라다크는 바짝 말라 있다. 바람이 조금만 불어도 먼지가 일기 일쑤다. 특히 낮은 평원지대인 딕세 마을의 먼지바람은 다른 어느 곳보다 더욱 심한 것 같다. 연중 3~4월이 되면 바람이 많이 분다는데, 다행히 이곳 스톡 마을은 딕세보다 고도가 300미터 정도는 더 높고 마을 뒤편에 만년설을 끼고 있어 기온이 다소 낮은 점은 있으나, 먼지바람이 불지 않아 좋다. 이래저래 이사 오기를 잘했다는 생각이 든다.

최초의 한국식 요리

오랜만에 고추장의 절박한 향기를 맡으며 식사를 하려니 입맛이 절로 돌았다.

여명이 밝아오고 있다. 창문의 커튼을 열어젖히니 어둠 속에서 강그리(얼음산) 봉우리만 유난히 형광 색소를 머금은 듯 환하게 빛을 발하고 있다. 신비롭다. 딕세에서 지낼 땐 멀리 바라보이기만 하던 해발 6,125미터의 강그리가 지금은 바로 집 뒤편에 높이 솟아 보이는 것이다. 그동안 11시경에 눈을 붙이면 그대로 잠에 곯아떨어져 다음 날 아침 8~9시경에 눈을 뜨곤 했는데, 이틀 전부터는 새벽 5시쯤에 눈을 뜨기 시작한다. 이제 서서히 나의 생활이 정상 궤도에 오르려는 모양이다. 진동리에서 그랬던 것처럼.

은행에 들러 돈을 찾았다. 그리고 시장에 들러 필요한 살림집기 일체를 구입하였다. 가스통과 가스버너, 밥그릇, 숟가락, 포크, 프라이팬, 도시락, 세숫대야, 휴지통, 채소, 양파, 당근, 무, 고춧가루, 생강, 참치 통조림, 달걀 한 판……. 젓가락을 사려고 했으나 파는 곳이 없어 궁리를 하던 중, 티베트 마켓에 들렀더니 그곳에서 팔고 있었다. 티베트 마켓은 과거 1950년대에 중국의 침략에 저항하다 모국을 떠나온 티베트인들이 세운 시장으로, 주로 옷가지라든가 전자제품, 주방용품 들을 판매하고 있다. 오늘 비록 사소한 젓가락을 통해서였지만 같은 몽고리언으로서 문화적 동질감을 확인하니 괜히 코끝이 찡해왔다.

한꺼번에 일용품과 살림집기들을 모두 구입하자니 꽤나 큰 목돈이 들었다. 처음에는 인도의 루피화를 우습게 보고 웬만하면 복잡하고 불편한 버스보다 택시를 이용하는 등 헤픈 지출을 일삼았는데, 점차 이곳의 물가와 경제 사정에 눈이 떠지고 보니 100루피, 200루피가 적지 않은 돈임을 알겠다. 이런 식으로 지출을 하다가는 소모적인 한국식 생활의 재판이 되기 십상이겠다.

오늘은 처음으로 한국식 요리를 만들어 저녁을 먹었다. 당근과 야채를 적절히 썰어넣은 후 식용유와 고추장을 비벼 볶음밥을 만들어 먹었다. 오랜만에 느끼한 카레 냄새 대신 고추장의 절박한 향기를 맡으며 식사를 하려니 입맛이 절로 돌고 힘이 솟는 것만 같았다. 서울 동생 집에 전화해 고추장과 된장을 더 보내달라 해야겠다. 지난번 비행기 편으로 부쳐 올 때 고추장 통이 터져 내용물이 밖으로 샌 것을 감안한다면 고추장 통을 비닐로 두 겹, 세 겹 포장하여 보내라 해야겠다. 아마도 기압 차 때문에 일어난 해프닝인 것 같다.

해가 뜨면 일하고, 해가 지면 쉬고

임금의 덕이 내게 무슨 소용이 있으랴.

나른한 봄볕과 함께 축생을 어르듯, 가엾게 들려오는 노동요가 있어 소리 나는 곳을 향해 천천히 발길을 옮겼다. 흙벽돌담을 끼고 모퉁이를 돌아서자니 윗집에서 밭갈이를 하고 있었다. 검정 조 두 마리가 쟁기를 끌고 있고, 바람이 불 때면 밭에서 먼지가 푸르르 일었다.

"줄레~" 하면서 가까이 다가갔다. 젊은 농부는 웃음으로 반가이 맞아 주었다. 소문이 참 빠르기도 하지. 그는 내가 한국에서 온 것을 이미 알고 있었다.

"스톡 마을에서 지내기가 어떠세요? 괜찮으세요?"

"네. 전 오래전부터 라다크에 오려고 해서 그런지 아주 좋아요. 특히 눈 덮인 히말라야의 풍경을 바라보며 지내는 이곳에서의 생활이 무척

만족스럽습니다."

조나 주인이나 너무 열심히 쟁기질을 한 탓인지 밭을 갈다가 그만 쟁기가 부러지는 불상사가 발생했다. 농부는 나를 보고 한 번, 씩ㅡ 웃고 나서는 조들을 몰아 집으로 돌아가버렸다. 저렇게 넉넉하고도 여유로운 마음으로 살아가는 라다키들을 바라보자니 중국 요(堯)나라 때의 태평 세월을 구가한 노래 〈격양가(擊壤歌)〉가 떠올랐다.

'해가 뜨면 일하고, 해가 지면 쉬고, 우물 파서 마시고, 밭을 갈아 먹으니, 임금의 덕이 내게 무슨 소용이 있으랴.'

젊은 오스트리아 친구

그 독일어 파열음이 나를 이곳 히말라야의 라다크에까지 오게 한 원동력일지도 모른다.

마을버스가 이곳으로 들어오자면 앞으로도 한 시간 반은 더 기다려야 하는데, 기다리기도 지루하여 아내와 나는 산책이나 할 겸, 초그람사 쪽으로 걸어 내려가기로 했다. 약 십 분 정도를 걷자니 마침 스톡 초등학교의 스쿨버스가 오기에 손을 들어 태워달라는 제스처를 보이자 운전기사가 흔쾌히 버스를 멈추었다. 나는 헐레벌떡 버스에 오르면서 고마운 마음에 운전기사를 향하여 두 손 모아 깊은 합장으로 인사했다. 그랬더니 그 기사 양반이 무척 흐뭇해하는 눈치였다. 버스 안에는 수많은 스톡 초등학교의 세수하지 않은(?) 천사들이 눈망울을 반짝이며 우리를 신기한 듯 바라보고 있었다.

라다크 바닥이 좁긴 좁은 모양이다. 레에 도착해 서울로 전화를 하려고 공중전화 가게에 들렀더니 어떻게 알고서는 소남이 나타난 것이다. 어제 초그람사 이모네서 자고 아침에 레에 나와 어느 여행사에서 운영하는 PC방에 들러 이메일을 확인하던 중 한글이 뜨는 것을 확인했다고 하면서, 앞으로 그 PC방을 이용하면 홈페이지 게시판에 글을 올린다거나 한글로 이메일을 전송할 수 있을 거라고 하였다. 참으로 반가운 소식이었다. 이제껏 한글 인터넷이 가능한 컴퓨터를 찾으려고 무던히도 애를 썼는데……. 더군다나 레에 있는 PC방들은 거의가 관광객을 상대로 하는 여름철 장사라 휴점 상태고, 그 외에 컴퓨터학원과 심지어는 주로 국제 업무를 보고 있는 '명상센터(Meditation Center)'까지 찾아가 시도를 하였으나 헛수고였다. 수일 내로 그동안 써두었던 글들을 가지고 가 홈페이지 게시판에 올려야겠다.

소남은 아는 사람도 많고, 또 그들의 신분도 매우 다양하다. 레의 시내를 함께 걷다 보면 삼 분 꼴로 사람을 만나 인사를 나누곤 한다. 집으로 돌아올 때에는 초그람사의 명상센터에서 자원봉사 활동을 하고 있는 소남의 오스트리아 친구 오스왈드를 만나 그의 차를 타고 스톡까지 편히 올 수 있었다.

우리는 오스왈드와 함께 우리 방에 들어와 이런저런 이야기를 흥미롭게 나누었다. 그는 이곳에 온 지 일 년이 조금 넘었으며 삼 개월 비자 기한이 차면 네팔에 나갔다가 다시 돌아온다고 하였다.

"오스왈드, 혹시 고산병 때문에 고생하지는 않았어요?"

"전 라다크에 도착한 뒤 처음 2~3일 동안만 약간 숨이 가빴을 뿐 그 후론 괜찮습니다."

그에 비하면 나는 라다크에 도착한 지 12일이 지났는데도 고산병으로부터 완전히 벗어나지 못하고 있다. 근력이 떨어진 노인네처럼 조금이라도 힘이 드는 활동을 하려면 숨이 차는 것은 물론이고, 때로는 가벼운 현기증을 느끼기도 한다. 그럴 때면 다이아막스 한 알씩을 복용하는데 그러면 곧 괜찮아지곤 한다.

"나중에 제가 있는 명상센터에 한번 놀러 오세요. 그럼 제가 라다크에서 최고로 맛있는 커피를 만들어서 대접하겠습니다."

"알았어요. 그러죠."

"그런데 이렇게 영어로 선생님과 이야기를 나누고는 있지만 사실 영어는 제겐 외국어일 수밖에 없습니다. 제 모국어는 독일어니까요."

그 이야기를 듣고 공통의 화제가 될 만한 게 뭐 없을까 고심하다가, 오스트리아 하면 '비엔나 소년합창단'과 아름다운 오스트리아의 자연 경관을 배경으로 펼쳐지는 영화 〈사운드 오브 뮤직〉이 떠올라 그에 관한 이야기를 하였더니 반가워하였다. 내친김에 예전에 고등학교 독일어 시간에 배운 〈들장미〉라는 노래를 기억나는 대로 불렀다.

"자 아인 크나베 아인 뢰슬라인슈텐 뢰슬라인 압델 하이덴……."

그러자 오스왈드는 무릎을 치면서 감격해했다. 지금 돌이켜보면 영혼을 결빙시킬 듯, 간단없이 터져나오던 독일어의 파열음이 꿈 짙던 사춘기의 방황을 부채질하지 않았나 싶다. 어쩌면 허파로부터 정수리를 향하여 솟구치던 그 파열음이 나를 이곳 히말라야의 라다크에까지 오게 한 원동력일지도 모르겠다.

장례식

삶이란 드넓은 공간 속에서 한 점 티끌에 지나지 않는다.

소남네 친척의 장례식이 있다고 하여 인더스 강변의 츄쇼츠 마을에 다녀왔다. 멀고 가까운 친척들이 거의 다 레나 초그람사, 딕세, 스톡 등 가까운 골짜기에 살고 있어 많은 사람들이 문상을 왔다. 이곳에서는 우리의 삼일장과는 달리 춥고 건조한 날씨 때문에 칠일장을 치르는데, 장례 기간 동안에는 상가를 위하여 친척과 이웃들이 돌아가며 장례에 소요되는 음식이라든가, 연료, 기타 물품 일체를 지원해주는 등 역할을 분담한다고 한다.

오늘이 장례의 마지막 날이라 화장을 하기 위해 인근 곰파로부터 수많은 승려들이 초빙되어 왔다. 스무 명 정도는 되는 것 같았다. 우리들의 꽃상여처럼 아름답게 치장을 한 상여에 앞서 승려들이 일렬종대로 우리의 태평소 같은 스캉링, 바라, 북 등을 연주하며 나아갔고, 상여의 뒤로는 유족들이 따랐다. 그러나 여자들은 장지까지 따라갈 수 없는 풍습 때문에 집에 남아 뒷일을 정리하였다. 악기를 연주하며 천천히 행진하는 운구 행렬은 대단히 장엄해 보였다. 그러나 유족들은 곡을 하지 않았다. 소남은 어렸을 적에 그런 장례 행렬이 마을을 지날 때면 무서워 도망 가기에 바빴다고 한다.

화장터는 설산이 가까이 바라보이는 허허벌판 위에 있었다. 장지에 도착하여 또 한 차례의 명문을 외는 등 일련의 종교 의식을 행하고서는 상여 속의 시신을 꺼내어 천천히 화로에 넣었다. 그러고 는 가지고 온 나무로 불을 때기 시작하니 연기가 하늘 높이 날아올랐고, 잠시 후 영구를 따라 장지까지 온 많 은 사람들이 삼삼오오 흩어져 집으로 돌아가기 시작했다. 이제 화장을 다 마치게 되면 그 재를 산에다 뿌리거나 인더 스 강물에 떠내려 보낸다고 한다.

무성영화를 보듯 히말라야의 준령이 병풍처럼 둘러쳐진 라다크 평원에서 치러지는 화장식 은 참으로 인상적이었다. 삶이란 드넓 은 공간 속에서 한 점 티끌에 지나지 않 았다. 인생이란 한줄기 바람이나 빛처럼 찰 나적으로 일어났다가 사라지는 허무한 현상에 지나지 않는 것인가 보다.

라다키들의 신앙

옴 마니 밧메 훔, 연꽃 속의 보석이여…….

라다크 사람들의 신앙심은 정말로 대단하다. 지역마다 큰 곰파가 있고, 다시 마을마다 작은 곰파가 따로 있는가 하면, 집집마다 따로 곰파와 같은 조캉을 만들어놓고서 매일같이 예불을 드린다. 그 외에 고개의 정상과 바람이 부는 들녘, 마을과 마을을 이어주는 곳곳의 요로에는 어김없이 쵸르텐이 서 있고 타르쵸가 나부끼고 있어 사람들의 마음속에 독실한 신앙이 자리 잡고 있음을 알겠다. 그리고 나이가 든 노인네들은 수시로 때와 장소를 가리지 않고 마니차를 돌리면서 만트라를 외고 있다.

어쩌면 히말라야의 척박하고도 단조로운 환경이 라다크의 단조로운 삶의 형태를 만들어냈고, 나아가 단조로운 라다키들의 삶이 그들의 생활 속에 독실한 신심을 불러들였는지도 모르겠다. 히말라야라는 척박한 자연 환경은 사람들로 하여금 결코 물질적으로나 육체적으로 풍요로운 삶을 영위할 수 있도록 자비를 베풀어주지는 않는 것 같다. 우선 산소가

부족하고, 물이 부족하고, 따뜻한 날씨가 부족하다. 그리고 그 외의 모든 자원들이 절대적으로 부족하다. 이렇게 빈곤한 조건 속에서 삶을 꾸려가야 하는 라다크 사람들에겐 오로지 영혼 깊은 곳으로부터 우러나오는 신앙만이 풍요롭게 확대 재생산할 수 있는 유일한 가치이자 문화이며 위로일 것이다.

환경이 단조로우면 삶도 단조롭고, 삶이 단조로우면 단조로운 삶의 틈새 속으로 공허가 밀려들어온다. 그래서 금강석 같은 신앙의 힘으로 삿된 기운인 덧없음을 몰아내려는 것은 아닌지 모르겠다. 척박한 토양에서 자라는 야생화일수록 향기가 매운 법이다. 어쩌면 히말라야의 산자락에 꽃을 피운 라다키들의 신앙이야말로 야생화의 그것처럼 맵고도 간절한 삶의 향기가 아닐까. 옴 마니 밧메 훔, 연꽃 속의 보석이여…….

공활하다

밤하늘을 바라보노라니 세상의 모든 비밀이라도 다 깨친 듯 마음이 허허롭다.

달빛을 받으면 유난히 흰빛을 발하며 신기루처럼 떠오르는 것들이 있다. 다름 아닌 언덕 위의 하얀 쵸르텐과 눈 덮인 히말라야다. 아직 밤 기온이 차 선뜻 문을 열고 뜰에 내려서지는 못하지만 유리창을 통해서나마 달이 뜬 공활한 라다크의 밤하늘을 바라보노라니 세상의 모든 비밀이라도 다 깨친 듯 마음이 허허롭다.

눈이 내린 풍경

하늘은 유별나게 파랗고, 눈 내린 풍경은 두 눈의 수정체를 태울 듯 아프다.

창문을 여니 라다크는 그야말로 찬란한 은빛 세상이다. 오늘따라 하늘은 유별나게 파랗고, 눈 내린 풍경은 두 눈의 수정체를 태울 듯 아프다. 오늘 같은 날엔 선글라스를 쓰지 않고서는 도저히 한나절을 지낼 수 없을 것 같다. 기분이 무언가 좋은 일로 업그레이드될 것만 같다. 하지만 이렇게 삶의 질을 높여주는 아름다운 설경도 라다크 사람들에겐 그리 반가운 일만은 아닌 것 같다. 마당의 눈을 치운다거나 대문 앞의 눈길을 내는 수고로움이야 한국의 시골이나 별반 다를 바 없겠으나, 무엇보다 긴급을 요하는 일은 옥상에 내린 눈을 지체 없이 치워야 되는 것이다. 옥상의 눈이 녹으면 흙으로 마감된 지붕으로부터 물이 스며들어 방 안으로 떨어지기 때문이다.

실제로 해가 떠오르고 시간이 조금 지나니 우리가 묵고 있는 방 천장에서 물방울이 떨어지는 바람에 옷가지들을 치우고 세숫대야를 가져다

받치느라 난리법석을 떨었다. 그러고는 한동안 온 식구들이 옥상에 올라가 제설 작업을 하느라 다시 야단법석을 떨었다.

전통적으로 라다크의 모든 건축물은 왕궁을 비롯하여 곰파나 일반 민가들까지도 예외 없이 흙벽돌과 나무로 지어져 습기에 매우 취약하다. 그래서 이곳 사람들은 산악 지역을 제외한 마을에 비나 눈이 오는 것을 근본적으로 바라지 않는다. 설령 농사철이라 할지라도. 그리고 집을 지을 때 아예 비나 눈이 내리지 않을 것을 전제로 하여 시공을 한다고 한다. 그래서 빗물이 잘 흘러내리도록 물매를 주어 설계한 한국의 지붕과는 달리 마치 두부 모를 자른 듯 슬래브식의 지붕으로 집을 짓는다.

소남의 말에 따르면 비가 한 이틀 정도만 계속해서 내린다면 왕궁을 비롯한 라다크의 모든 집들은 무너질 거라고 한다. 다소 과장된 이야기겠으나 사정이 그러하다 보니 라다크 사람들은 설령 먼지가 날리는 건조한 날씨가 계속된다 하더라도 비가 오거나 눈이 내리는 날을 딱 질색해한다. 농사나 식수는 일 년 내내 설산에서 흘러내리는 물로 해결하면 될 테니까.

근래 들어 간혹 시멘트나 콘크리트로 집을 짓는 경우도 있긴 한데, 한겨울의 혹한과 한여름의 혹서를 고려한다면, 전력이 절대적으로 부족하여 냉난방 기구를 사용할 수 없는 라다크에서는 역시 전래의 흙벽돌 집만 못하다고 한다. 역시 사는 모습이 저마다 다른 것은 나름의 이유가 있는 것이다.

Markha Gompa

가엾은 장면

왜 사람들은 그들의 소득이 낮으면 낮을수록 때에 절어만 보이는 것일까.

아침엔 우유와 계란 프라이와 토스트로, 점심엔 간단히 만든 찬과 밥으로, 저녁엔 우유와 감자와 참치 통조림으로 식사를 해결하고 있다. 빈약하나마 음식을 우리 입맛대로 만들어 먹을 수 있으니 전보다 식생활 문제가 한결 부드러워졌다. 앞으로 날씨가 풀려 양배추가 나올 때면 김치도 담가 먹을 계획이다.

식빵과 계란이 떨어져 부식을 사러 레에 갔다왔다. 아내는 집에서 오랜만에 목욕이나 해야겠다고 해서 혼자 다녀왔다. 레 타운의 인구가 12,000명 정도로 강원도 인제읍보다 작지 않은 것을 감안한다면 공중목욕탕이 어디 한 곳쯤은 있을 법한데 아쉽게도 없다고 한다. 그래서 하는 수 없이 집에 남기로 한 것이다. 목욕이라 봐야 석유버너로 물을 한 주전자 데워가지고 볕이 잘 드는 그린(비닐)하우스에 들어가 몸을 정성껏 헹구는 정도지만. 집집마다 그린하우스를 짓는 데 소요되는 경비는 인도 정부에서 부담하고 있는데, 그 덕분에 겨울 동안에도 샤워를 할 수 있는 것은 물론, '좀마'라는 푸성귀를 심어 먹을 수도 있게 되었다 한다.

버스가 인더스 강을 건너 초그람사로 들어서려니 레 쪽에서 먼지바람이 불어왔다. 외출할 때는 반드시 마스크를 착용한다는 것이 그만 깜박 잊고 나왔다. 계절적으로 보아 특히 요즘과 같은 3~4월엔 황사바람이 심하다고 한다. 하지만 이곳 사람들은 마스크 같은 것 없이도 잘도 나다닌다. 가끔씩 여자들이 스카프로 입을 가리고 거리를 지나는 모습이 보이기는 하지만. 이곳이 히말라야 서쪽 끝쯤에 해당되는 지역으로 타클라마칸 사막과 멀지 않은 실크로드 중계점에 해당되는 지역이고 보면 모래바람이 많이 불 만도 하다.

가뜩이나 물 사정이 좋지 않은 데다 모래바람까지 불어대니 모든 사물들이 사람들과 얼크러져 함께 먼지를 뒤집어쓴 채로 지내고 있다. 버스를 타면 차 안에 먼지의 미립자들이 떠다니는 게 눈에 뜨일 정도다.

첫눈에 땟국에 절어 보이는 이곳 사람들의 행색은 남루하기만 하다. 하지만 먼지바람과는 상관없이 왜 사람들은 그들의 소득이 낮으면 낮을수록 때에 절어만 보이는 것일까. 더욱 이상한 것은 물을 끼고 생활하는 사람들이라 할지라도 그렇다는 것이다. 물론 소득이 낮은 것과 행색이 남루해 보이는 것이 요즘 유행하는 웰빙과 무관하다는 것을 모르는 바는 아니다. 다만 나는 '행복이란 부끄럼 없는 삶을 살아갈 때 가슴속으로부터 절로 우러나와 우리의 몸과 마음을 에워싸는 따뜻한 빛'쯤으로 알고 있을 뿐이다.

레에 나간 김에 PC방에 들러 그동안 미뤄두었던 글들을 마저 홈페이지에 올렸다. 시간이 너무 많이 걸려 게시물 열 건을 올리는 데 무려 한 시간씩이나 소요되었다. 이용료는 150루피. 앞으로 이런 식으로 나가다가는 생활비가 뜻밖에도 많이 들겠다. 그래서 소남더러 집 전화선을 이용해 인터넷에 접속하는 방법이 뭐 없겠느냐고 했더니, 마침 이 년간 100시간을 사용하고 1,000루피를 내는 제도가 있다고 하여 그 방법을 택하기로 했다. 그 편이 PC방을 이용하는 것보다 열 배 이상은 싸게 먹히리라는 계산이다. 어떠한 일이 있더라도 우리 두 식구 월 생활비가 10,000루피를 넘지 않도록 해야겠다(그 후 전화국에 가서 알아본 결과 가정에서 인터넷을 사용할 수 있는 제도는 레 타운 일대에서만 가능하다 하여 포기하였다).

집에 돌아올 때는 거리를 걷다가 당나귀가 시장에서 좌판을 하는 아주머니에게 발로 무자비하게 걷어차이는 가엾은 장면을 목격하였다. 사연인 즉, 감자와 무, 당근 등 채소를 파는 아주머니가 물건을 팔고 손님에게 거스름돈을 헤아려주느라 한눈을 파는 사이 당나귀란 놈이 아주머니의 당근 몇 뿌리를 슬쩍 먹다가 발각되면서 그만 화를 당한 것이다.

레의 시가지에는 소나 조, 당나귀들이 돌아다니며 거리에 떨어진 쓸만한 오물들을 알아서 적절히 분리수거(?)하고 있는데, 그 활약이 대단하여 청소부가 따로 필요 없을 정도다. 심지어는 마분지 상자 조각까지도 거뜬히 먹어치우곤 한다. 그러나 안타깝게도 오늘과 같은, 있어서는 안 될 일들이 가끔씩 벌어지기도 하여 나의 마음을 쓰리게 한다.

기쁨과 슬픔

한없이 넓은 대승적인 길을 걸어갈 때 인간은 공허에 가까운 아름다움을 보인다.

어제는 앙모의 엄마이자 소남의 형수인 스탄진 돌마의 큰아버님이 돌아가셨는데 오늘은 돌마가 불쑥 아이를 낳았다. 어떻게 이처럼 세상에서 가장 큰 슬픔과 가장 큰 기쁨이 한집안에서 동시에 일어날 수 있을까. 초상집 분위기라 가족들은 보고 싶은 텔레비전도 켜지 못한 채 침울해하고 있는가 하면, 한편으로는 돌마의 출산에 흐뭇해하기도 한다. 정말로 세상사란 조금도 기뻐할 것이 못 되며, 역시 조금도 슬퍼할 것이 못 되는 것 같다. 손실과 이득을 물량적으로 헤아려본다 하더라도 한쪽에서는 사라졌으며 한쪽에서는 태어났으니, 결과적으로 세상이란 증가한 것도 아니고 감소한 것도 아니다.

우리가 소남네 집으로 올 때만 해도 만삭의 몸임에도 불구하고 집안일을 열심히 해오던 돌마가 마침내 딸을 출산하고서는 오늘 바로 집으로 돌아왔다. 그동안 그의 생활을 곰곰이 눈여겨보자면 돌마는 참으로

말도 별로 없이, 바탕이 한없이 착한 여자인 것 같다. 출산 후 몸조리를 위하여 한동안 충분한 휴식을 취하는 것이 상식일 듯한데, 오늘도 부엌에 나가 열심히 살림을 하는 것을 보노라면 그 근면성이 놀랍기만 하다. 자신의 일신을 편안하게 보전하려 하기보다는 가족 공동체를 위해 끊임없이 헌신하려는 뜨거운 열정일 것이다.

아주 오래전 중학교 때, 아버지를 제외한 온 가족이 어머니의 제의로 앤서니 퀸과 줄리에타 마시나가 주연한 〈길(La Strada)〉이라는 이태리 영화를 본 기억이 있는데, 돌마의 성품이 마치 그 영화에 나오는 여주인공 젤 소미나처럼 야릇한 공허미를 띠는 것 같다. 거친 곡예사 잠파노를 위해 헌신을 다하다 마침내 짧은 생애를 마감하고 마는 젤 소미나……. 한없이 넓은 대승적인 길을 걸어갈 때 인간은 공허에 가까운 숭고한 아름다움을 보이기도 하는가 보다.

많이 배운 사람들이 살아가면서 덕성과 인연을 맺지 못할 때 터득한 정보를 교활하게 운용함으로써 주위 사람들로부터 원성을 듣는 경우를 나는 자주 보아왔다. 인간의 길이 말과 행동이 합일을 이루어 주위 사람들에게 미래를 심어줄 수 있는 덕성의 경계에 있을진대, 배운 지식으로 기껏해야 권력을 탐한다거나 축재만을 일삼는 사람들을 볼 때면 그들의 삶이 정말로 누추하고 초라해 보이지 않을 수 없다.

설산이 눈부시다. 유라의 물이 출렁이면서 뜰에는 새싹들이 파릇파릇 돋고 있다. 이제 머지않아 돌마가 일손을 놓고 양지에 기대앉아, 새로 태어난 아이를 안고 어르게 될 싱그러운 모습을 기다려본다.

영양소의 종합 집합체

가끔씩 영양소의 종합 집합체인 부침개를 만들어 먹는 것이 좋을 것 같다.

저녁때는 아내가 주방에 내려가 한국식 부침개 요리를 선보였다. 묽은 밀가루 반죽에 양파, 당근, 감자 등을 썰어넣은 후 계란을 풀어 골고루 섞은 다음, 인도산 해바라기 식용유를 프라이팬에 넣어 지졌다. 냄새가 고소했다. 그런대로 우리 맛에 아주 근사치한 미각을 만들어내어 입맛을 돋워주었다. 아쉬운 점은 양념류의 부족인데, 고춧가루를 탄 양념간장이 있었더라면 아주 좋았을 것이다.

놀러 온 이웃 아주머니와 소남네 가족이 아직 전깃불이 들어오지 않은 컴컴한 부엌에 모여 앉아 아내의 요리에 관심을 보였다. 잠시 후 맛이나 좀 보라고 한 접시를 빙 돌렸더니 다들 "마 짐포락(아주 맛있어요)!" 하는데, 정말 맛이 있어 그런 건지 아니면 인사조로 하는 수 없이 먹어준 것인지 표정을 보아서는 도무지 속마음을 알 수 없었다. 하지만 분명한 것은 철없는 세 살짜리 앙모가 자꾸만 집어 먹는 것으로 보아 틀림없이 맛이 있었던 것 같다.

인도 쌀은 미질이 좋지 않은 데다 밥을 지어놓으면 푸석푸석 다 풀어지고, 심지어는 누군가 이미 저작을 하여 뱉어놓은 밥을 먹는 것처럼 몹시 기분이 나쁠 정도로 흐물거리기도 하는데, 이는 아마도 해발 3,500미터의 고도 때문이 아닌가 한다. 이곳 사람들처럼 압력밥솥을 이용하면 나아질까. 앞으로는 반찬도 신통치 않은 밥을 먹는 대신 가끔씩 영양소의 종합 집합체인 부침개를 만들어 먹는 것이 좋을 것 같다.

라다크 왕도 부럽지 않다

요즘 돌마의 생활에 약간의 변화가 왔다.

돌마가 아이를 낳은 지 삼 일째 되는 날이다. 관습상 산후 일주일 동안은 외부인의 출입이 허락되지 않는다고 한다. 그런데 이상한 것은 쵸르텐을 세우거나, 다리 난간이나 지붕 위에 타르쵸를 내다 걸거나, 아니면 그도 부족해 그 외 각종 기복적인 부적들까지 동원해가면서 집 안 치장(?)을 즐기는 이곳 사람들인데, 막상 가장 중요하다 할 출산을 알리는 금줄 같은 것은 집 안팎 어느 곳에서도 발견할 수 없다. 필시 대문쯤에는 그런 표식이 있을 법도 한데……. 소남에게 물어보니 라다크에는 가구 수가 많지 않아 어느 집에서 아이를 낳으면 그 소문이 금방 퍼져 출산을 알리는 표식 같은 것은 따로 필요가 없다고 한다. 라다크에서도 한국과 마찬가지로 남아선호 사상이 은근히 강한 것 같다. '잘 키운 딸 하나, 열 아들 부럽지 않다'는 캠페인이 점점 더 설득력을 얻어가고 있는 요즈음인데도 말이다.

그런데 희한한 것은 아들을 낳았으면 아들을 낳았다고 할 것이지, 지난번 우리에게는 분명히 딸을 낳았다고 해놓고서는 삼 일이 지난 이제 와서 실은 아들을 낳았노라고 실토하는 것이 아닌가. 이유가 뭘까. 아마도 외부인에게 그 사실을 너무 일찍 알리면 아들이 딸로 둔갑이라도 할까 봐 그런 것은 아닌지, 아니면 자신들이 간절히 바라오던 소망이 부정을 타 동티라도 날까 봐 그런 조심성을 보이는 것은 아닌지 모르겠다. 어쨌든 이곳 라다크에서는 그렇게들 하고 있단다.

그리고 또 한 가지 흥미로운 풍습은, 남편이 산모가 입원해 있는 병원으로 갈 때는 개울을 직선 거리로 건너서는 안 되고 반드시 아래 하류로 내려가 건너야 된단다. 이는 아이를 낳으면 집 앞 개울을 건너는 길목에 새로운 생명의 탄생을 시기하는 나쁜 악령이 숨어 지내기에 그 악령을 피해 멀리 아래쪽으로 내려가 개울을 건넌다는 것이다.

아이를 낳은 지 일주일 후부터는 하객들을 맞으며, 온 동네 이웃들과 친척들이 50루피 정도의 부조금과 그 외에 아이와 산모에게 필요한 각종 선물들을 한 아름씩 안고 와 축하해준다고 한다. 그때가 되면 산모는 라다크 왕도 부러울 것이 없게 된다. 돌마의 팬인 우리는 이미 축의금조로 그에게 200루피를 전했다.

그리고 요즘 돌마의 생활에 약간의 변화가 온 것을 발견했는데, 다름 아니라 종전에 비하여 고된 일을 가급적 삼가는 것은 물론이거니와, 차를 마실 때면 다른 사람들과는 뚜렷이 구별되는 찻잔에다 마시는 것이다. 그러니까 다른 식구들이 평범한 사기 찻잔에 차를 마시는 것과 달리 돌마만 홀로 질감도 우아하고 품위 있는 목기 찻잔을 이용한다. 그것이 바로 산모에 대한 이 지역 사람들의 특별 예우라 한다.

또 얼마 전까지만 해도 라다크에서는 아들을 둘 이상 낳으면 의무적으로 아들 하나는 곰파로 보내어 승려로 만들었는데, 대체로 장남은 집에 남아 가사를 돕고 차남이 승려가 되었다. 소남도 다섯 살 때 아버지 손에 이끌려 마을 곰파에 갔다가 여러 날 울음을 터뜨린 끝에 비로소 다시 집으로 돌아올 수 있었다고 한다. 이는 승려 사회의 안정된 인원 수급책과 함께 식량 자원이 넉넉하지 못한 라다크 사회의 인구를 억제할 요량으로 행해지던 관습이다. 하지만 현재로선 예전처럼 그 관례가 철저히 지켜지지 않는단다.

영감과 함께

영감이란 화가의 삶을 지탱케 해주는 신통력이다.

　　화가는 영감(靈感)으로 세상을 인지한다. 영감이란 화가의 삶을 지탱케 해주는 신통력이기 때문이다. 내가 비행기를 타고 히말라야를 넘은 것도, 먼지 날리는 라다크 평원을 헤매는 것도 전적으로 영감에 의한 것이다. 하지만 세상이란 뜻밖에도 사막 이상으로 황량하고 건조한 곳, 영감에만 의존하여 살다 보면 시쳇말로 인생 쪽박을 차기 딱 알맞은 곳이다. 자고로 영감과 함께 자멸의 나락으로 추락한 화가들이 어디 한둘이던가…….

저녁 풍경

창밖으로 손을 내밀면 모든 마을의 불빛이 다 잡힐 것만 같다.

창문으로 뛰어든 한줄기 빛이 어두운 부엌을 희뿌옇게 밝히고 있다. 밭일을 마치고 돌아온 식구들은 무어라 알 수 없는 발음으로 저희들끼리 속삭이고 있다. 한쪽에선 할머니가 새로 태어난 손자를 보듬어 안고 얼굴과 몸에 버터기름을 정성스레 발라주고 있다. 이곳의 건조한 기후를 극복하기 위한 하나의 방편이라고 한다. 내 보기엔 태어난 지 닷새밖에 되지 않은 아기가 마치 할아버지처럼 주름도 많고, 아직 완전한 인간으로서의 형상을 갖추고 있지 않아 정말로 가까이하고 싶은 마음이 들지 않을 정도인데도, 할머니는 식구들에게 아기가 예쁘지 않냐고 자꾸만 되물으며 애지중지한다. 그럴 때마다 어둠 속이지만 며느리 돌마의 행복해하는 눈빛이 전해지는 것 같다.

전깃불이 들어오고 저 아래 인더스 강 건너로는 초그람사와 레의 시가지에 불빛이 뿌려졌다. 멀리 우리 스톡 마을과 맞은편에 자리를 잡고 있는 설산 아래의 사부 마을에도 불빛이 가물거리고 있다. 창밖으로 손을 내밀면 모든 마을의 불빛이 다 잡힐 것만 같다. 마술에 걸린 듯 달빛에 히말라야가 떠오르고 있다. 식구들과 함께 따뜻한 짜이를 나누어 마시며 오늘도 행복한 하루를 접는다. 줄레!

버스 지붕 위의 가스통

가스통들이 연신 탕! 탕! 소리를 내며 땅바닥으로 떨어져 구른다.

라다크에서의 모든 탈 것은 이 지역의 교통, 행정, 교육, 경제의 중심 지인 레를 출발하여 레로 돌아간다. 교통수단으로는 대체로 소형 버스와 지프형 택시, 그리고 영화 〈로마의 휴일〉에서 오드리 헵번과 그레고리 펙이 로마 시가지를 곡예 주행했던 이탈리아제 스쿠터 베스파가 주류를 이루고 있다. 그 외에도 가끔씩 배기량 125cc짜리 오토바이가 거리를 질주하고 있는데, 한 가지 의아한 것은 꼭 있어야 할 것 같은 자전거가 무슨 연유에서인지 이 땅에서는 한 대도 보이지 않는다는 것이다. 자전거야말로 친환경적이면서 가격도 저렴한 교통수단일 텐데 말이다. 아무튼 이러한 교통수단들은 날만 밝으면 저마다의 볼일을 위하여 레 타운으로 몰려든다.

레에 나갈 때는 특별히 운반해야 할 물건이 많다거나 급한 일이 아닌 한 버스를 이용하고 있다. 요금은 10루피. 그야말로 참으로 저렴한 대중

교통이다. 레에서 우리가 살고 있는 스톡까지는 하루에 네 차례 운행되고 있는데, 오전에 두 차례 오후에 두 차례이다. 오전에 출발하는 버스는 대부분 등교하는 학생들과 일찍이 레에 볼일이 있어 나가는 사람들로 항상 대만원을 이룬다. 버스의 크기는 좌석으로 보자면 탑승 정원이 대략 스물다섯 명 정도 되는 작은 버스다. 하지만 정원과는 관계없이 가는 도중 길에 널려 있는 승객들을 있는 대로 다 태운다. 그러고 나면 정원의 두 배인 무려 쉰 명 가량이 버스에 승차하게 된다.

이곳 버스에는 운전기사 이외에 따로 남자 차장이 있어 승객들로부터 요금을 받는다거나 차 안으로 들일 수 없는 큰 짐들을 지붕 위에 올려놓는 일을 한다. 버스 지붕 위에는 짐을 실을 수 있도록 대형 캐리어를 설치해놓았는데, 그 위에는 그야말로 시골살이에 필요한 온갖 물건들이 다 실리게 된다. 그런데 손때에 전 여러 가지 질박한 물건 중에서 유독 나로 하여금 스트레스를 받게 하는 물건이 하나 있다. 그는 다름 아닌 가스통이다. 라다크의 시골에서도 근래 들어서는 많은 집들이 부엌에 가스레인지를 들이고 있어 그에 필요한 가스를 레나 초그람사에서 구입해 버스로 운반해 오곤 한다.

도로의 노면 상태도 좋지 않은 데다 과속까지 하는 바람에 지붕 위에 실려 있는 가스통들은 수시로 저희끼리 몸을 비비는 등 위험한 접촉을 시도하거나 때로는 겁도 없이 덜커덩거리며 뛰어내릴 듯한 시늉을 해보여, 아직 라다크 가스통들의 생태에 익숙지 않은 나로서는 마음이 몹시 불안해진다. 더욱이 불안과 공포감은 그 수준에서 그치지 않는다. 버스

가 멈추면 차장이 지붕에 올라가 가스통을, 아래서 받쳐주는 사람도 없이 그냥 땅으로 집어던지는데 가스통들이 연신 탕! 탕! 소리를 내며 땅바닥으로 떨어져 구를 때의 공포감이란 그야말로 온몸에 소름이 다 끼칠 정도다. 물론 가스통이 폭발할까 봐서다.

그래도 아직까지 라다크에서 가스통이 폭발한 선례는 단 한 차례도 없다면서 은근히 걱정하고 있는 나를 안심시켜주기는 하였지만, 선례라는 것은 언제고 만들어질 가능성이 있는 법이다. 또 아무리 세상을 믿음으로 살아가는 어수룩한 나와 함께 같은 버스에 동승한 가스통이라 하더라도 터지지 말라는 법은 없을 것이니, 그 차장 아무리 좋게 봐주려 해도 안전 의식이 너무나 소홀한 것 같다.

라다크의 하늘

라다크의 하늘은 해상도 높은 디지털 사진을 보는 것 같아 눈이 다 시릴 정도다.

라다크의 풍경은 마치 광속으로 우주비행을 하다 어느 혹성에 비상 착륙이라도 한 것처럼 심플하고 황량하고 적막하다. 하지만 그런 가운데서도 역동적으로 전개되는 풍경이 있으니 그것은 다름 아닌 라다크의 하늘이다.

라다크의 하늘은 대단히 가변적이어서 한동안 가없이 맑은 모습을 보이다가도 때로는 엄청난 양의 구름들이 서쪽으로부터 몰려와 히말라야에 한 차례 눈을 뿌려놓고서는 준령을 넘어간다. 엄청난 장관이 아닐 수 없다. 그리고 구름이 사라진 뒤의 하늘은 또 얼마나 파란지, 감상을 좋아하는 한국 사람들이라면 곧 노스텔지어에 젖기 십상이다. 어찌 보면 해상도 높은 디지털 사진을 보는 것 같아 눈이 다 시릴 정도다. 저렇게 맑고, 저렇게 푸르고, 저렇게 역동적으로 느껴지는 하늘은 아마도 라다크를 떠나서는 볼 수 없을 것 같다.

거름 내기

노동이란 모든 생명체에 부여된 하나의 엄숙한 천명이다.

바람이 좀 잦아졌기에 카메라를 메고 들로 나섰다. 가축들을 찍어서 그 사진을 참고로 동물들의 동태를 크로키하면서 운필의 정확성과 필세의 다양성을 얻기 위해서다.

그런데 주로 집 주변에서 놀던 당나귀들이 오늘은 어쩐 일인지 눈에 띄지를 않았다. 그러던 중 저만치 떨어진 이웃집 쪽에서 "야리똥~ 라모레, 양솔똥~ 라모레(일은 어렵지 않고 즐겁기만 하네)" 하는 노동요와 함께 왁자지껄한 소리가 들려왔다. 혹시나 하여 그곳으로 발길을 옮겼더니 역시 수많은 당나귀들이 마당에 쌓여 있는 거름을 밭으로 옮기고 있었다. 한동안 마을 집집마다 밭갈이를 하느라 어수선했는데 이제부터는 데조트(라다크의 재래식 화장실)의 거름을 밭으로 내는 일로 바쁜 시간을 보내고 있다.

소남의 형도 그곳에 있는 것으로 보아 이웃 간에 품앗이를 위해 온 것 같고, 내가 찾던 당나귀도 이웃집에 차출되어 와 밭일을 하고 있었다. 당나귀들이 몇 집에서나 징용되어 왔을까? 약 스무 마리 가량은 되어 보였다. 그러니까 대여섯 집에서 당나귀와 함께 사람들이 품앗이를 온 것이다.

당나귀들이 제각기 무거운 거름 자루를 등에 짊어진 채, 일렬로 열을 지어 밭으로 향하는 모습은 참으로 기특하기도 하고 진지하게 느껴졌다. 어느덧 멀리 라다크 평원에는 햇빛이 엷어지고 있다. 고개 숙여 일터에서 돌아오는 당나귀의 모습을 바라보노라니 노동이란 모든 생명체에 부여된 하나의 엄숙한 천명이라는 생각이 들었다.

기지개

당나귀 울음소리와 함께 한껏 기지개를 켜본다. 따뜻한 봄날이다.

완연한 봄인가 보다. 며칠 전부터는 난로 불을 지피지 않고도 깊은 잠에 빠져들곤 한다. 특히 지대가 낮은 초그람사나 딕세에는 산비탈의 스톡 마을과는 달리 분홍빛 츄리(살구꽃)가 만발한데 히말라야 설산과 어우러져 맑은 청량감을 자아내고 있다. 그리고 물이 불어난 인더스 강변을 따라서는 유라트(포플러) 잎사귀의 연둣빛이 함께 따라 흐르고 있다.

당나귀 울음소리와 함께 한껏 기지개를 켜본다. 라다크 평원을 걷다 보니 나도 모르는 사이에 부력을 얻어 하늘로 오를 것만 같다. 따뜻한 봄날이다.

라다키 버전의 행복

이곳 사람들은 내핍 생활이 몸에 배어 철저하게 돈을 쓰지 않고 생활한다.

거리를 걷다 보면 가끔씩 상인들이 "사요나라!", "곤니치와!" 하면서 수작을 건다. 그럴 때마다 나는 "낫 재패니즈, 아임 코리언! 안녕하세요?" 하면서 바로 일러준다. 아마도 일본 사람으로 착각하는 것 같다. 그만큼 일본인 관광객이 많이 다녀간다는 얘기다. 일본인들의 별스런 점은 세상 사람들이 익히 잘 알고 있는 터지만 이곳에서도 일본 사람들의 근면성(?)은 단연 두드러져 보인다.

언제부터인가 가난한 라다크에는 외국의 후원 단체들이 지원하는 공익 시설이 많이 들어서고 있다. 학교, 병원, 환경생태연구소, 사찰 같은 것을 들 수 있는데, 반갑게도 우리 나라의 원불교나 조계종에서도 학교와 병원, 그리고 사찰 등을 라다크 지역 내에 세워 내심 한국인으로서 자긍심을 갖게 한다. 레 근교 조용한 상카르 마을에는 '대청보사'라는 조계종 사찰이 세워져 있다. 그런데 우리와는 대조적으로 일본인이 세운

절은 유독 레 시가지 어느 곳에서나 눈에 잘 띄는, 레 왕궁만큼이나 높은 명당 자리에 있어 겸양을 미덕으로 삼는 한국인의 정서로 볼 때 외국인으로서의 그 발상이 참으로 얌체 같다는 생각이 든다. 한때는 일본대사관을 한국인의 기개의 상징이라 할 수 있는 남산의 모처에 지으려다 우리의 반발로 그 계획을 취소한 사례도 있었지만…….

이곳에서의 생활비는 듣던 대로 상당히 저렴하다. 짐작컨대 7인 가족이, 자체 생산한 식량을 제외하고 대략 한국 돈 십만 원 정도면 한 달 동안 생활할 수 있지 않을까 싶다. 물론 라다크의 전형적인 농가를 기준으로 봤을 때 그러하다는 것이다. 생활비가 저렴하게 드는 데 다른 이유가 있으랴마는 대부분의 라다크 사람들은 자급자족할 정도의 식량만을 생산하고 있는데 잉여 가치를 창출할 수 없으니 더 이상의 돈을 만들 수도 없는 것이다.

그래서 이곳 사람들은 내핍 생활이 몸에 배어 철저하게 돈을 쓰지 않고 생활한다. 아니, 어쩌면 그들의 입장에서는 간소하고도 질박한 그 삶이 인내를 필요로 하는 내핍 생활이라고 생각지 않을지도 모른다. 그저 현재의 삶 그 자체를 부족하지도 남지도 않는 넉넉한 일상쯤으로 알고 살아가고 있을지도…….

라다키들은 세탁기 대신 개울에 나가 손빨래를 하고, 가스레인지가 있기는 해도 어쩌다 많은 양의 밥을 지을 때만 사용하며, 거의가 다 가축의 분뇨라든가 나무를 가지치기해서 얻은 지저깨비로 불을 지펴 요리를

한다. 그리고 식수는 독보의 맑은 물을 길어다 사용하거나 날씨가 무더워 독보의 물이 흐린 날에는 마을에 있는 공동 펌프장을 이용한다. 또 보리, 감자, 당근 등 주·부식 재료는 거의 다 집에서 기른 작물들로 해결한다. 굳이 가게에 나가 구입해 오는 것이 있다면 불을 밝힐 때 필요한 석유나 계란, 식용유, 그리고 어쩌다 잔칫날이 돌아오면 사는 닭 정도이다. 옷은 현재 입고 있는 옷이 완전히 헤어져 떨어져나갈 때까지 그대로 입고, 양털로 실을 잦아 손수 옷을 만들어 입기도 한다. 옷소매며, 엉덩이며, 온통 먼지와 때로 찌들어 있는데도 그다지 신경을 쓰지 않고 잘도 지낸다.

그러면서도 저녁 시간이면 일 나갔던 식구들이 모두 돌아와 어두운 부엌에 모여 앉아 눈동자를 반짝이며 이야기를 나누는 모습은 참으로 따뜻해 보인다. 라다키 버전의 행복이란, 가족들이 밖에 나가 이웃과 다툼을 하지 않고 무사히 집으로 돌아와 즐거운 마음으로 식사를 할 때의 그런 모습이 아닐까.

그림을 그리다 말고

사나이의 흉금은 사나이만이 알아준다.

그림을 그리다 말고 문득, 세상 모든 남자들이 나보다 잘나 보이던 날 밤, 나는 일찍 자리에 들어 1970년대 사나이의 세계를 평정했던 저음 가수 배호의 노래를 불렀다. 사나이의 흉금은 사나이만이 알아준다고, 단언컨대 속 좁은 한국 여인들의 가슴으로서는 설사 몇 번씩이나 껌뻑 죽었다 깨어난다 하더라도 배호가 토해내는 사나이의 쓰라린 정한을 도저히 이해할 수 없을 것이다. 왜 그가 그토록 삼각지 로터리를 돌아가야만 했는지, 왜 코트 깃을 세운 채 안개 긴 장충단공원을 찾아들어야만 했는지를…….

어둠 속으로 사라지는 강그리

히말라야를 바라보노라면 삶이 경건해진다.

연분홍 츄리꽃이 만발하고 유라트 나뭇가지에 신록이 싱그러운 5월로 접어들었다. 하지만 엊저녁부터 난데없는 눈발이 날리기 시작하더니 급기야 폭설로 변해 라다크의 가인(佳人)과 같은 횐칠하면서도 미려한 유라트나무와 살구나무 가지들이 무참히 꺾였고, 마을의 전봇대들도 쓰러졌다.

여름철 소나기도 아닌데 이렇게 천둥과 번개를 동반한 폭설은 라다크에 들어와 난생 처음 겪어보는 일이다. 하늘이 갑자기 어두워지며 만년설 스톡 강그리가 깊이를 알 수 없는 한없는 어둠 속으로 사라져갔다. 천지창조의 전야가 이러했을까? 하늘이 갈라지는 소리와 함께 한 치 앞을 예측할 수 없는 상태였다. 그저 앞으로 전개될 모든 상황은 하늘의 뜻에 맡길 수밖에……. 방 안의 촛불마저도 자연의 위대한 조화 앞에 떨고 있을 뿐이다. 새벽이면 빛을 가장 먼저 받아 스톡 마을 사람들에게 삶의 소중함을 가슴속 깊이 형형하게 새겨주고 있는 봉우리를 눈보라와 함께 어둠이 삼켜버리니 마치 꿈을 잃은 듯 암담한 기분이다.

자연이란 인간 상상력의 바로미터이며 건강한 상상력은 자연을 이탈하여 전개되지 않는다. 그 밖을 벗어나려는 어떠한 시도도 악마의 유혹이며 병든 영혼의 몸짓일 뿐, 하늘이 맑으면 우리의 마음도 맑아지며 하늘이 흐리면 우리의 마음도 같이 우울해지는 법이다.

히말라야를 바라보노라면 삶이 경건해지며, 유라의 찰랑거리는 물을 바라보노라면 마음이 절로 즐거워진다. 또 조를 몰아 밭을 가는 농부들을 바라보노라면 정신이 더없이 풍요로워진다. 게다가 밥 짓는 저녁 연기가 하늘로 무심히 솟아오른다면 이보다 더 아름다운 서정이 하늘 아래 어디에 있을 것인가…….

향수에 젖은 바바

할머니는 오늘도 콧노래를 불러가며 바바를 만드느라 여념이 없으시다.

라다크 고유의 음식 가운데 '바바'라는 음식이 있다. 보리 가루를 버터 녹인 물에 넣고 끓이다가 어느 정도 물이 졸면 반죽을 해 한국의 보리 개떡처럼 만들어 먹는 음식인데 보리를 주로 생산하는 지역다운 음식이다. 요즘엔 히말라야 너머 인도나 카슈미르 지역으로부터 쌀이 들어와 밥들을 자주 지어 먹곤 하지만 옛날에는 거의 끼니때마다 보리 음식을 만들어 들곤 하였다. 그러니 옛 미각에 익숙해 있거나 향수에 젖어 있는 나이 든 어른들은 바바를 즐겨 먹는 데 비하여 젊은 사람들은 주로 밥을 좋아한다.

한번은 앙모 엄마가 우리에게 맛이나 보라고 하면서 바바를 만들어 한 덩어리 가져왔는데, 그 맛이 더 이상의 부가 설명이 필요 없을 정도로 예전 궁핍했던 시절의 보리개떡 맛과 비슷하다고나 할까. 아무튼 영 아니올시다였다. 그래서 한두 조각 정도 뜯어먹다가 미안하지만 남은 바바는 몰래 종이에 싸서 강아지 모뚜에게 가져다 던져주었다. 하지만 뜻밖에 모뚜도 먹지 않고 외면하는 것이었다. 그만큼 맛이라곤 하나도 없는 음식이라는 얘기다. 솔직히 말해 나와 아내도 먹기가 상당히 거칠고 불편하였다.

아무리 좋게 봐주어도 바바는 음식을 만들기 위한 원자재이지 완성된 요리는 아닌 것 같다. 그런데도 할머니는 오늘 저녁에도 부엌 한쪽에 자리를 잡고서 중얼중얼 콧노래를 불러가며 바바를 만드느라 여념이 없다.

탄생 의례

아기의 탄생을 축하하는 잔치에는 남정네들이 참석하지 않는다.

낮에는 아이가 태어난 지 꼭 일주일째 되는 날이라 마을 사람들과 그 외의 많은 친척들이 축하 차 소남네 집엘 다녀갔다. 그야말로 부엌에는 하객들이 남기고 간 각종 선물들로 즐비했다. 호기심을 유발케 하는 상자 안의 여러 가지 물건들이라든가, 아기 옷들, 그 외에 이웃들이 직접 만들어 온 맛난 음식들이 푸짐하였다.

농사일이나 장례뿐만 아니라 탄생 의례 같은 일을 치를 때도 집에서 밥상을 가지고 오는 사람, 그릇을 가지고 오는 사람, 천막을 가지고 오는 사람 등 이웃들이 한 가지씩 일을 맡아 적극적으로 돕는 것을 보면 라다크 사회의 공동체 생활이 상당히 견고하다는 인상을 받는다. 그리고 하객들이 선물한 내용을 일일이 공책에 기록해두는 모습도 볼 수 있었는데, 장차 이웃에 행사가 있을 땐 자신도 그렇게 부조를 해야 한다는 것이다.

평소와 달리 깨끗한 옷으로 차려입은 집안의 여인들은 하객들을 맞느라 대단히 분주했다. '따실'이라는 음식은 마치 우리 나라의 오곡밥과 비슷한 것이었는데, 다른 점이 있다면 잡곡 대신 이곳에서 생산되는 살구나 카쥬, 아몬드, 건포도 등 각종 열매들을 밥에다 얹어 요리를 한 것이다. 기름기가 반지르르 흐르는 것이 참으로 먹음직스러워 보였다. 식사하고 남은 음식들은 잔치가 끝난 후 제각기 신문지나 가져 온 그릇에 담아 집으로 돌아갔다.

그런데 그 많은 손님들 중 남자는 한 사람도 눈에 띄지 않았다. 아기의 탄생을 축하하는 잔치에는 남정네들이 참석하지 않기 때문이란다. 그리고 그동안 내가 카메라를 들고 마을을 돌아다녔던 탓인지, 나이가 좀 들어 보이는 아주머니 한 사람은 나를 부르더니 사진 찍는 시늉을 자꾸만 되풀이해 보이는 것이었다. 즉각 무슨 뜻인 줄을 알아차리고서는 캠코더와 디지털 카메라와 필름 카메라를 모두 동원하여 오늘의 잔치를 다채롭게 찍었다.

그렇지 않아도 라다크를 기념할 만한 사진을 다양하게 찍어두려는 참이었는데 곤체이를 입은 시골 아낙들이 사진 찍히기를 스스로 자청하니 너무나 고마울 뿐이다. 그런데 나 외에는 카메라를 지참한 사람이 한 사람도 없는 것으로 보아 대부분의 시골 마을에서는 이렇게 큰 행사임에도 불구하고 거의가 사진을 찍지 않고 넘기는 것 같다. 그렇다면 앞으로 이웃집을 돌아가면서 방문하게 될 텐데 어떠한 선물보다도 사진을 찍어 전해주는 것이 가장 좋겠다는 생각이 들었다. 우선 오늘 찍은 사진부터 인원 수대로 뽑아 줘야겠다.

레에서 만난 한국 여인들

뜻밖의 지역에서 한국 사람들을 만나려니 참으로 감개무량했다.

어제 전화를 걸어 온 한국 여인들을 만나러 집사람과 함께 레에 나갔다. 약속 시간은 12시 반, 장소는 메인 바자르의 히말라야 카페다. 뜻밖의 지역에서 한국 사람들을 만나려니 참으로 감개무량했다. 소남이 어제 거리를 걷다가 어쩐지 한국 사람인 것 같아서 불러 물어보니 역시 그렇다고 하더란다. 그래서 우리 집에 한국인 화가 가족이 머물고 있으니 시간이 되면 언제 한번 연락을 해보는 것이 어떻겠느냐고 제의한 것이 계기가 된 것이다. 그나저나 비슷비슷하게 생긴 몽고리언 무리 속에서 한국인을 식별해낸 소남의 직관력도 참으로 대단하다.

삼십대 후반으로 보이는 여인은 김영숙 씨이고, 이제 갓 서른을 넘긴 여인은 신은정 씨였다. 두 사람 모두 얼굴에 화장기라고는 살필 수 없어 살아온 내력을 읽는 데는 많은 시간이 필요치 않았다. 그래서였는지 몰라도 초면이었지만 대하기가 편했다. 솔직한 얘기로 화장을 열심히 한 얼굴은 정돈된 겉보기와는 달리 드러나야 할 마음의 문신이 다 지워져 상대방을 이해하는 데 적지 않은 불편을 겪어야 한다.

라다크에 처음 발을 들여놓은 지는 김영숙 씨가 1996년도, 신은정 씨는 2001년도라 하였다. 김영숙 씨는 어학 연수차 인도에 왔다가 우연히 장스카르에 다녀온 후 라다크의 매력에 끌려 아예 이곳에 정착하게 됐다고 한다. 신은정 씨 역시 도예를 전공하고 라다크가 좋아 거의 이곳에 들어와 살고 있다시피 한단다. 참으로 삶에 대한 열정이 뜨거운 사람들이다. 그들은 라다크 말도 곧잘 하였는데 복장도 이곳 젊은 여자들이 즐겨 입는 펀자브(인도 북서부 지방) 스타일의 의상을 걸치고 있어, 누가 보더라도 정말 라다크 사람이라고 착각할 정도였다. 또 그들은 현재 레에서 가까운 쉐남 마을의 한 가정집 방을 빌려 생활하고 있는데, 라다크에 들어와 있는 한국 사람으로선 자신들과 우리 부부 해서 모두 네 명뿐이라고 했다.

우리 부부가 돌아오는 일요일에 일주일간의 여정으로 마르카 지방에 다녀올 계획이라고 했더니 관심을 보이며 웬만하면 함께 갔으면 좋겠다고 반가워했다. 그리고 김영숙 씨는 오는 7월이면 레를 떠나 장스카르 마을로 거처를 옮기겠노라고 하는데, 그럴 경우 차후 우리도 장스카르에 다녀올 계획이 있어 잘된 일이라 생각했다.

오랜만에 한국 사람들과 한국말로 이야기를 나누려니 그동안 말문이 막히는 데서 오는 스트레스 같은 것이 일시에 풀리는 것 같았고, 한국

말을 사용하니 머리도 전처럼 정상적으로 회전되는 것 같았다. 사람이란 어쩌면 구사할 수 있는 언어만큼만 생각하며 살아가고 있는지도 모르겠다. 라다크에 들어와 영어와 라다크어 어느 것 하나 제대로 구사하지 못하며 지내고 있는 나로서는 이곳 사람들과 어울릴 때면 어쩐지 어린아이처럼 정신 연령이 낮아지는 것만 같았는데, 모처럼 즐거운 시간이었다.

고추장

퇴로가 없는 절박한 향에 취해 이국땅에서의 시름을 덜어본다.

라다크의 파란 하늘을 바라보며 고추장에 밥을 비벼 먹는다. 퇴로가 없는 절박한 향에 취해 이국땅에서의 시름을 덜어본다. 고추장은 역시 한국의 가을 하늘처럼 파란 하늘 밑에서 먹어야 제격인 것 같다.

라다크의 오지

한 번쯤은 라다크와 같은 극점에서 자신의 삶을 되돌아볼 필요가 있지 않을까.

먼지 날리는 평원과 호수보다 깊어 보이는 하늘, 그리고 히말라야의 준령으로 둘러싸인 라다크는 마치 화장을 하지 않은 여인의 모습처럼 강인한 정신력과 영혼성 같은 것을 느끼게 한다.

라다크를 지구의 오지라 하지만 라다크에 머물다 보면 라다크에도 따로 막막한 오지가 있음을 알게 된다. 예를 들어 세계에서 가장 높은 자동차 고갯길인 카르동 라를 넘어야 갈 수 있는 누브라 계곡, 자동차길이 없어 걷거나 말을 타야만 도달할 수 있는 마르카 마을, 드넓은 초원으로 이루어진 유목민들의 고장 창탕, 라다크 내에서도 언어가 다르고 생긴 모습이 특이한 다하누 마을, 깊은 계곡에 자리를 잡고 있어 눈이 내린 겨울에는 길이 사라져버리기 때문에 계곡의 빙판길을 따라 동굴에서 숙식을 해결해가며 4~5일 가량을 걸어 들어가야만 하는 장스카르 계곡의 마을 등이 그것이다.

앞으로 시간을 봐가며 겨울이 오기 전까지 한 달에 한 곳씩을 정해 라다크의 오지들을 모두 답사해볼 생각이다. 물론 그곳들은 레에서 먼 거리에 있고, 거의 국경 지대에 위치해 있어 당국으로부터 출입 허가를 받아야만 들어갈 수 있는 곳들이 대부분이다. 하지만 삶은 극점에 머물 때라야 자아가 극명하게 드러나 보이며, 나아가 그을음 한 점 없는 맑은 빛을 발하는 것이리라. 그리고 삶의 극점에 서보지 않고서는 평화로움도 누릴 수 없으리라. 극점에 대한 체험이 결여된 평화는 권태의 잠복 기간에 불과할 뿐. 따라서 누구라도 평생 한 번쯤은 라다크와 같은 극점에서 자신의 삶을 되돌아볼 필요가 있지 않을까. 항차 순연한 기운을 찾아 헤매는 화가에게 있어서랴…….

Zanskar Kalsha Gompa

당나귀

인생과 축생과의 경계를 의심 없이 먼저 허무는 당나귀의 그 선한 마음이 좋다.

　　이곳 사람들은 육식을 거의 하지 않는 것 같다. 더군다나 가축들을 그렇게 많이 키우면서도 잔치에 소나 돼지 잡는 것을 보지 못했다. 혹시 가난하기 때문에 그런 것이 아닐까 하고도 생각해보았지만 반드시 그런 것만은 아닌 것 같다. 가끔 계란을 삶아 먹는다거나 삶은 치킨 다리를 카레 밥 위에 얹어 먹는 것을 보기도 하였으니까.

　　라다크에서 주로 많이 키우는 가축은 조, 소, 양, 염소, 당나귀이다. 하지만 한국에서는 그렇게도 흔한 돼지를 이곳에서는 한 마리도 보지 못했다. 이곳의 무슬림들이 돼지고기를 금기시하는 종교적 이유 때문이라고 한다. 그 외에도 소는 힌두교도들이, 물고기는 불교도들이 금기시하고 있으니, 그 와중에 오로지 닭과 양만이 수난을 당하는 것이다. 가만히 보면 똑같은 하나의 사물을 놓고서도 이렇게 바라보는 시각이 천차만별로 다르니 종교적인 명분으로 상대방을 단죄한다는 것이 얼마나 하늘의 도리에 어긋나는 위험한 발상인가 하는 생각이 든다.

조는 주로 밭갈이와 같은 힘든 농사일에 이용되고, 소는 조를 번식시
킨다거나 우유와 버터, 치즈, 그리고 땔감인 짜를 만들어내는 데 쓰인다.
그리고 양은 양젖을 얻음과 동시에 배설물이 밭 거름에 이용되며, 염소
역시 양과 마찬가지로 염소젖을 얻으며 나중에는 식육으로 파는데, 주
로 육식을 즐기는 이슬람인들이 사 간다고 한다. 그리고 당나귀는 물을
길어 올 때라든가, 농사철에 뒷간의 거름을 밭으로 낼 때, 그러니까 화물
운반용으로 아주 유용하게 쓰이고 있다.

우리 집에서도 식수는 설산에서 녹아 내려오는 개울물을 길어다 먹는
데, 5리터짜리 작은 플라스틱 물통들을 짝으로 여럿 묶어서는 당나귀의
등에 싣고서 개울로 간다. 그리고 신기하게도 당나귀는 물통에다 물을
담아 등에다 얹어놓으면 주인이 잡아끌지 않는데도 스스로 알아서 집으
로 묵묵히 걸어간다. 가끔가다 힘이 들어서인지 아니면 무슨 잡념이 들
어서인지 깊은 한숨과 함께 고개를 푹 숙이고서는 갈 생각을 않는데, 그
럴 때마다 엉덩이를 탁탁 두드려주면 또 다시 제 갈 길을 간다. 항간의
소문처럼 힘이 들어서 꾀를 부린다거나 하는 모습은 보지 못했다. 뜻밖
에도 당나귀는 생각보다 상당히 성실한 동물로, 적어도 한국의 전래동
화 '소금 장수 이야기'에서처럼 은근히 꾀가 많아 주인을 골탕 먹이는 그
런 애물단지는 아닌 것 같다. 생김생김이 조나 뿔 달린 양처럼 화려하지
는 않지만 심성만은 그렇게 선할 수가 없다. 누군가 당나귀의 백설같이
착한 마음씨를 시기하여 음해한 이야기는 아닌지 모르겠다.

　또 당나귀는 다른 어떤 가축들에 비하여 사람을 경계하지 않는 습성이 있는데, 밭에서 풀을 뜯어먹다가도 손가락으로 오라는 시늉을 해보이면 묵묵히 고개를 숙이고 사람 앞까지 와서는 코를 널름거리며 친근감을 표시한다. 머리를 쓰다듬어주면 머리를 숙이고, 뺨을 쓰다듬어주면 뺨을 내밀고, 손가락을 들이밀면 혀로 손가락을 간질간질 빨기도 한다. 어쩌면 그렇게 천연덕스러울 수가……. 그래서 많은 종류의 가축들 중에서 마음과 정을 아낌없이 나누며 지내라 한다면 나는 우선 당나귀를 택할 것 같다. 인생과 축생과의 경계를 의심 없이 먼저 허무는 당나귀의 그 선한 마음이 좋다. 우리 모두 사랑으로 가득한 하나가 되기 위해서는 당나귀처럼 경계를 허무는 작업이 먼저 선행되어야 하지 않을까. 한국으로 돌아가면 당나귀 한 마리쯤 키울 수 있으면 좋겠다.

아내의 펀자브

젊은 세대들은 너풀거리는 펀자브를 좋아한다.

달빛이 밝으니 뇌 분비샘에 이상(?)이 올 것만 같다. 왠지 부끄러워 아래로 뛰어내리고만 싶은 심정……. 그러나 아래가 호수가 아닌 뜰이라 자제한다. 창문을 여니 태반(胎盤) 같은 히말라야의 하얀 설산들이 달빛을 받아 허공에 떠 있다. 영험한 것이 마치 하늘과 인간을 이어주는 영혼의 탯줄처럼 보이기도 한다.

아내가 레의 신은정 씨에게 얻어 온 '쌀왈휘라'를 입어보며 좋아한다. 쌀왈휘라란 펀자브 지방 여인들이 즐겨 입는 의상인데, 우리 나라의 몸뻬 같은 허줄한 바지 위에 옆구리가 터진 치마를 덧입는 스타일의 옷을 말한다. 라다크 사람들은 그 지역의 이름을 따 부르기 좋게 그냥 '펀자브'라고 한다.

펀자브 지방에는 힌두교도와 이슬람교도들이 한데 섞여 살고 있으며 특히 그곳은 시크교도의 본거지라는데, 펀자브는 육신의 앞과 뒤를 매우 추하고 수치스럽게 여기는 그 지역 여인들이 고안해 만든 의상이라 한다. 한마디로 앞과 뒤를 가리면 동물적인 추함으로부터 벗어나 인간의 영혼이 정결해지리라는 소망에서 비롯된 옷이다. 한편으론 바지의 활동성과 치마의 은닉성이 결합된 의상이라고도 할 수 있는데, 꼬마 계집아이가 입으면 꽤나 앙증맞아 보이기도 한다. 나이가 든 세대에서는 라다크의 전통 의상인 중후한 곤체이를 즐겨 입는 데 비해 젊은 세대들은 너풀거리는 펀자브를 좋아하는 편이다.

　비록 아내는 멋있다고 펀자브를 입었다 벗었다 해보지만, 내가 보기엔 마치 이슬람 술탄 왕가의 하녀들이 입는 옷처럼 어딘지 모르게 격이 떨어져 보인다. 어찌 보면 주방에서 밀가루 반죽을 하다 말고 돈을 꼬깃꼬깃 말아 쥔 채, 식용유를 사러 저자거리에 나온 아낙 같게만 여겨진다. 펀자브 여인들이 알면 상당히 진노할 송구스런 표현이긴 하지만…….

여울처럼

삶이란 여울처럼 그리움을 동반할 때라야 행복한 것.

여울처럼 부족한 듯, 아쉬운 듯 살아갈 것이다. 삶이 푸른 잎사귀와 돌부리를 스쳐 흐를 때 비로소 맑고 아름다운 운율을 얻을 수 있기 때문이다. 여울이 도달한 후의 호수란 행복이 아니라 권태이며 위장된 평화다. 하늘은 부족한 듯, 아쉬운 듯 잠 못 이루는 삶을 위하여 그리움이란 묘령의 정령을 내려 채워주셨다. 모름지기 삶이란 여울처럼 그리움을 동반할 때라야 행복한 것이다.

낯선 대자연, 마르카

하나의 거대하고 알 수 없는 생명체처럼 그 앞에 서면 불현듯 외경감을 느끼게 된다.

지난번에 계획한 대로 아내와 7박 8일 동안 마르카 계곡을 다녀왔다.

마르카 계곡, 이 지독한 히말라야의 오지 사람들은 도대체 어디서 흘러왔을까? 그리고 사람들은 왜 이런 곳에서 살아가고 있을까? 이해가 잘 되지 않는다. 길도 없었을 예전에 그들은 홀씨처럼 어디선가 날아왔을 것 같고, 아니면 박테리아처럼 자연 발아를 해 이곳에 뿌리를 내려 살아가고 있는 것인지도 모르겠다.

바람과 고개가 많은 라다크는 사람들이 바람 길을 따라 왕래를 하고 있다. 마을과 마을을 이어주는 고갯길 모퉁이에는 항시 쵸르텐과 마니월, 타르쵸와 키 높은 타르첸 들이 있어 지나는 길손들을 보호해주고 있다. 간절한 소망을 담은 기도 깃발들은 바람을 따라 쉼 없이 나부끼며, 그 바람에 실려 그들의 소망이 온 우주에 퍼지고 있는 것이다.

마르카 계곡은 한국에서 온 이방인이 접하기엔 너무나 낯설어, 하나의 거대하고 알 수 없는 생명체처럼 그 앞에 서면 불현듯 외경감을 느끼게 된다. 예측을 불허하는 산의 정기는 사람들로 하여금 산에 대한 다양한 억측과 함께 혼미한 무속적 상상을 떠올리게 하며 고통을 겪게도 한다. 그러한 이유 때문에서인지 라다크에는 악귀와 미신에 얽힌 무서운 설화들이 많이 전해 내려온다. 거대한 자연도 자연이려니와 이는 아마도 인구 밀도가 희박한 데서 온 결과가 아닐까 싶다. 살아가면서 건강한 영혼(사람)들과 함께 보낼 수 있는 시간이 많아야 할 텐데 그렇질 아니하고 홀로 억측으로 지어낸 귀신들과 교감을 하다 보니 그러한 설화가 많이 만들어지는 것 같다.

도회에서는 삶의 번뇌가, 대자연 속에서는 삶의 두려움이 싹튼다. 인간에게 삶의 터전과 자양분을 제공해주는 고마운 자연도 그 기운이 과도하면 때로는 마군으로 탈바꿈하여 사람들을 두려움 속으로 몰아넣는다. 그 두려움을 떨치기 위해서라도 자구책으로서의 기도와 신앙이 싹트지 않을 수 없을 것이다. 번뇌란 삶에 대한 고도의 통찰과 수행으로 극복 가능한 것이나 자연으로부터의 두려움은 초월적인 존재를 불러들이지 않을 수 없다. 따라서 대자연은 사람들로 하여금 자연스레 신앙인이 되도록 한다.

마르카 계곡. 나로서는 처음으로 경험해보는 대자연이었고, 두려움이었다. 그리고 뒤늦게 체험해본 원시신앙이었다.

Markha Village

라다키와 코리언

눈만 멀뚱멀뚱해서 나다니는 것 같은 라다키들.

인도나 카슈미르 출신의 이주민들을 제외한 라다크 토박이들의 생김 새나 체형, 신장 등은 한국 사람과 별반 다름없어 보인다. 다만 상이한 부분이 있다면 한국 사람에 비해 눈이 다소 커 보인다는 점이다. 그래서 레의 거리를 거닐다 보면 한결같이 어디서 얼굴을 한 차례씩 얻어맞고 뛰쳐나온 사람처럼 눈만 멀뚱멀뚱해서 나다니는 것 같다.

줄레! 달라이 라마

매년 6월이 오면 달라이 라마가 라다크에 와 열흘 정도 머문다.

오늘 레에 나갔다가 돌아오면서 버스가 초그람사에 이르렀을 때 평소에는 볼 수 없던 참으로 신기한 장면을 목격하였다. 다름이 아니라 어디서 나왔는지 수많은 사람들이 일일이 빗자루 같은 청소 도구를 가지고 나와 거리를 청소하고 있는 것이었다. 그 모습이 마치 예전에 우리 나라의 새마을 청소를 보는 것도 같아 감회가 깊었다.

이상한 생각마저 들어 옆에 앉은 사람에게 그 까닭을 물어보니, 내일 달라이 라마가 라다크에 오기 때문에 청소를 한다는 것이다. 매년 6월이 오면 달라이 라마가 라다크에 와 열흘 정도 머무르면서 설법을 하는 등 종교 행사를 갖는다고 하는데, 아침 비행기 편으로 레 공항에 도착한 그가 10여 킬로미터에 이르는 초그람사의 환영 행사장까지 오는 동안에는 근처의 수많은 사람들이 곤체이를 입고 쏟아져나와 달라이 라마를 환영한다고 한다. 특히 초그람사에는 티베트를 탈출하여 온 난민촌도 있는

것을 감안한다면 그들이 달라이 라마를 맞는 마음에는 남다른 점이 있을 것이다. 이참에 잠깐 떠오르는 생각이지만, 티베트의 망명 정부를 다람살라에 둘 게 아니라 모든 문물들이 티베트와 거의 닮아 작은 티베트라고도 불리는 이곳 라다크로 옮겨오는 것은 어떨까 하는 생각이 든다.

아무튼 그 많은 라다키들이 갑자기 청소를 하는 데에는 그럴 만한 특별한 까닭이 있었던 것이다. 모르긴 해도 라다크에서 거리 청소를 하는 모습을 볼 수 있는 날은 아마도 일 년 중 달라이 라마가 라다크에 오기 전날인 오늘 하루뿐이지 싶다. 어느 나라나 치부 없는 곳이 있을까마는 아름다운 나라 라다크에 살면서 눈에 거슬리는 점이 한 가지 있다면 바로 거리의 쓰레기다. 언제 보아도 레 타운이나 초그람사의 쓰레기는 정말로 눈 뜨고 못 봐줄 정도다. 도로변에 쓰레기들이 버려진 채로 나뒹구는가 하면 하수구는 온갖 쓰레기들의 하치장을 연상케도 한다. 다행히도 물건을 팔 때 비닐봉지 사용을 금하고 있어 검은 비닐 쓰레기들은 눈에 띄질 않지만, 그 대신 종이 쓰레기들이 마구 넘쳐난다.

청소라고 해야 가끔 강한 바람이 한 차례씩 불어와 쓰레기를 날려버린다거나, 소나 염소, 또는 당나귀 들이 부지런히 거리를 돌아다니며 쓰레기를 분리수거하는 정도에 불과할 뿐이다. 그래도 희한한 것은 거리의 쓰레기가 늘지도 줄지도 않는다는 점이다. 그에 비하여 라다크의 시골 마을은 깨끗하다. 이는 아마도 물자를 철저하게 재활용하여 사용해야만 하는 시골 경제의 궁핍성에 우선 그 원인이 있겠으나, 도시에 비하여 농가에서는 음식을 만들 때 사용하는 부카리라는 쓰레기 소각로를 집집마다 갖추고 있기 때문일 것이다.

아무튼 오늘 초그람사의 거리가 깨끗하게 치워지는 것을 보니 내 속이 다 후련해질 정도다. 깨끗한 거리, 깨끗한 마음. 나도 라다키가 되어 그를 환영해본다. 줄레~ 달라이 라마!

합창

부딪침이 몇 차례 되풀이되자 그 가벼운 격돌은 미묘한 쾌감으로 바뀌었다.

늦은 시간, 저녁노을을 뒤로한 채 초그람사까지 가는 버스에 몸을 실었다. 차는 빈자리가 없을 정도로 만원이었다. 하는 수 없이 통로에 서서 갈 수밖에 없었다. 옆에는 햇볕에 그을린 듯, 피부색이 몹시 검고 행색이 남루한 사나이가 서 있었다. 느낌으로 보아 아마도 하는 일이 그리 좋은 직종의 사람은 아닌 듯했다. 소위 인도 사회에서 회자되는 불가촉천민……. 사람들의 얼굴에는 사나이를 멀리하려고 애를 쓰는 표정이 역력했다. 그런데 하필이면 내가 바로 그의 옆에 서서 가게 된 것이다.

처음엔 나도 은연중에 그 남자를 멀리하려 애를 썼다. 그러나 차가 덜커덩거리며 흔들릴 때면 어쩔 수 없이 나의 몸이 그의 몸에 다가가 부딪쳤고, 처음엔 불쾌하였으나 부딪침이 몇 차례 되풀이되자 그 가벼운 격돌은 알 수 없는 미묘한 쾌감으로 바뀌어 가슴 깊이 전해져왔다. 그래서 나는 그 후론 차가 조금만 흔들려도 오히려 그를 핑계로 눈을 지그시 감고서는 더욱 강하게 그에게 다가가 부딪쳤다. 그가 눈치 채지 못하도록 자연스럽게……

오늘은 이상한 날이었다. 그렇게 익명의 사나이와의 간단없는 부딪침이 마치 베토벤의 〈합창〉처럼 나의 영혼을, 정점을 향해 강렬하게 고양시켜주었다.

누르부의 즉석 모빌

앙모 동생 누르부가 태어난 지도 이제 칠십여 일이 다 되어간다. 갓 태어났을 땐 마치 쭈그렁 할아버지처럼 얼굴에 잔주름이 많아 보기가 싫었는데, 이제는 주름도 다 걷혔고 눈동자도 또렷하게 빛나 귀엽기만 하다.

얼마 전까지만 해도 누르부는 주로 아기 방에서 혼자 지냈는데 요즘은 식구들이 다 모이는 부엌에 나와 생활한다. 이제 어엿한 가족 공동체의 일원으로서 첫발을 내딛기 시작한 것이다. 게다가 할아버지가 돌리는 마니차 쪽으로 얼굴을 돌려 유심히 바라보는 누르부의 모습은 대견스럽기까지 하다.

생각 끝에 나는 얼른 밖으로 나가 유라트 나뭇가지를 꺾어다 붓꽃과 노란 민들레, 살구 열매, 융스카르꽃 따위 들을 실로 묶어 누르부가 누워 있는 부엌 천장에다 매달아주었다. 말하자면 즉석에서 만든 모빌이었

다. 그랬더니 누르부의 눈동자가 반짝이며 더욱 활발히 움직이기 시작
했다. 누르부의 엄마인 돌마와 아버지 체링, 할머니, 할아버지 등 온 가
족이 박수를 치며 좋아하였다.

셋방 구하기

　요즘은 다시 이사할 집을 알아보고 있다. 현재 살고 있는 소남네 집이 여러모로 좋은 조건을 두루 갖추고 있고, 또 그동안 가족들과 정도 깊이 들어 웬만하면 떠나고 싶지 않았으나 이 마을의 부족한 전기 사정 때문에 어쩔 수 없이 다시 한 번 이사를 하기로 결정했다.

　처음 이사를 들어오던 3월 말경만 하더라도 해가 기울어 실내가 어두워지는 저녁 6시쯤만 되면 전깃불이 들어오곤 했는데, 7월이 다 되어가는 요즘엔 아예 애당초보다도 한 시간 반이나 더 늦은 7시 반경이 되어서야 전기가 들어오니 컴퓨터에 매달려 그림을 그리고 글도 써야 하는 나로서는 여간 불편하지가 않다. 5월이 되어 인더스 강물이 불어나 수력 발전을 하기 시작하면 낮에도 전기가 들어올 것이라는 말을 믿고 그날이 오기만을 꼬박 기다려왔는데, 5, 6월이 다 가고 해가 길어진 요즈음에 와서도 낮에 불이 들어오기는커녕 오히려 6시면 들어오던 전기가 7시

반이나 되어야 들어오는 것이다. 식구들 간의 얼굴 식별이 가능할 때까지는 아예 전깃불을 넣어줄 생각을 않는 것 같다.

하루 종일 전기를 넣어주는 레나 레 근교의 스카라, 상카르, 쉐남 마을과 달리 스톡에서는 기껏해야 하루에 세 시간 반 정도만을 넣어줄 뿐이니 라다크에서도 레 이외의 시골은 푸대접이 만만치 않은 것 같다.

히말라야를 넘어 라다크에까지 와 문명 사회의 애물단지인 전기 타령은 웬 전기 타령이냐고 힐난할는지는 몰라도 어쩔 수 없이 그동안 나의 창작 활동이 거의 컴퓨터의 도움을 받아 이루어져온 만큼 전기가 나의 생활 속에서 차지하는 부분은 거의 절대적이라고 해도 과언이 아니다. 아무튼 이런 피치 못할 사정에 의하여 서운하지만 그동안 정들었던 집을 나와 다시 한 번 이사를 할 수밖에 없게 되었다.

며칠 전엔 소남에게 이러한 나의 사정을 충분히 설명하고 거처를 옮길 수밖에 없는 까닭에 대해 이해를 구했다. 그랬더니 소남도 내가 이곳에 온 목적이라든가, 취지를 잘 알고 있기에 그러한 결정에 대해 공감을 가지고 수긍해주어 고마웠다.

아내와 함께 라다크로 떠나오면서 주인집이 갖추어야 할 네 가지 조건을 나름대로 정해놓았다. 첫째는 농사짓는 집이어야 하는데, 이는 라다키의 90퍼센트 이상이 농부인 점을 감안한다면 라다키의 가장 보편적인 정서와 사고를 이해하는 데 도움이 될 수 있으리라는 생각에서다. 둘째는 불교 가정이어야 한다. 이 역시 라다크 인구의 70퍼센트를 점하고 있는 종교가 불교인 점으로 보아 라다크 사회를 이해하는 데 효율적일 것이라는 생각에서이고, 셋째는 삼대가 한 가정을 이루어 살아가는 것이다. 이는 노년 세대와 젊은 세대와 유년 세대가 함께 대화를 나누며 살아가는 모습을 볼 수 있을 때 라다키들의 과거와 현재와 미래의 초상을 바로 읽을 수 있으리라는 판단에서이다. 그리고 마지막으로 전기가 넉넉히 공급되는 마을이어야 하는데, 이는 이미 언급한 대로 컴퓨터와 디지털 카메라로 굳어진 내 삶의 패턴상 어찌할 도리가 없는 조건이 되었다.

현재 위와 같은 조건을 갖춘 가정집을 알아보고 있는 중인데 어떻게 될는지…….

짜증스런 노랫소리

라다크 버스의 노랫소리는 점점 더 걷잡을 수 없이 높아만 간다.

라다크에 온 뒤 볼륨을 한껏 높인 대중가요를 들으며 차를 타고 가야만 하는 사정이 매우 괴롭다. 물론 그것이 제 아무리 격조와 품위를 자랑하는 고전음악이라 할지라도 경우는 마찬가지다. 대중교통이라는, 분위기 산만한 버스에 앉아 가면서 그 어떤 아름다운 노래가 귓가에 제대로 들려올 것인가? 한국에 있을 때도 사정은 마찬가지였다. 그래서 노랫소리가 참지 못할 정도의 위험 수위에 육박할 때면 운전기사에게 다가가 볼륨을 좀 낮춰달라고 정중하게 요구하기도 했다.

여기서 레에 다녀올 때면 매번 버스를 이용하는데, 어느 버스를 타건 예외 없이 노래를 아주 크게 틀어놓아 귀를 비롯한 유무형의 신경계통이 총체적으로 괴롭힘을 당한다. 게다가 자동차 제작 당시의 스피커 성능으로는 성에 차지 않는지 아예 추가로 대형 스피커를 버스 내의 천장에다 임의로 제작, 설치해놓기도 했다. 스피커와 멀리 떨어진 곳에 자리를 잡은 경우라면 그런 대로 참아줄 만하겠는데, 어쩔 수 없이 스피커 밑에 앉아야 하는 날에는 정말이지 가는귀라도 먹을 각오를 해야 한다.

그뿐만 아니라 노래에 문외한인 내가 듣기에도 멜로디 자체에 문제가 좀 있는 것 같아 더욱 고역이다. 노래라는 것이 시간이 흐르면 흐를수록 귀가 솔깃해지는 새로운 맛이 좀 있어야 하는 법인데, 노래가 시작되자마자 템포가 걷잡을 수 없이 빨라지는가 하면, 불과 몇 소절 만에 속이 빤히 들여다보이게 같은 멜로디가 지겹도록 반복되어 흘러나오니, 과장된 표현이긴 하지만 머리가 어찌 돌 것도 같아 버스에서 내리고 나면 잠시 행선지가 오락가락하기도 한다. 아마도 요즘 젊은이들이 좋아하는 노래의 세계적인 추세가 그런가 보다.

연세 지긋한 양반들이 운전을 하는 한국과 달리 라다크에는 일자리가 다양하지 않을 뿐만 아니라 그나마 많지도 않기에 버스 운전은 거의 서른 전후의 젊은이들이 하고 있다. 사정이 그렇다 보니 라다크 버스의 노랫소리는 점점 더 걷잡을 수 없이 높아만 가고, 빠르기는 항시 버스보다 앞서 달린다. 아마도 젊은 기사 양반들은 노래가 없이는 잠시라도 보이지 않는 깊은 곳으로부터 용출하는 삶의 기쁨 같은 것을 확인할 수 없는 모양이다. 오늘 오후 집으로 돌아와서는 오랜만에 저음 가수 조동진의 〈행복한 사람〉을 들으며 행복해했다.

저자거리의 풍속은 어딜 가나 별 차이가 없나 보다.

레 타운의 구(舊)버스터미널 쪽으로 가보면 노천에서 헌옷이나 재활용품을 파는 좌판 시장이 있다. 상인들의 발 구르는 폼에서부터 손뼉을 치며 큰 소리로 손님들을 끌어 모으는 모습이 마치 우리 나라의 남대문 시장과 너무나 흡사해 보여 저자거리의 풍속은 어딜 가나 별 차이가 없다는 생각이 들었다.

인도 현지에서 생산된 물건보다는 외국에서 수입해 들여온 재활용 옷가지들이 주류를 이루는데, 각종 모자에서부터 점퍼, 티셔츠, 양복, 슬리핑백은 물론 현지 새 물건보다 품질이 월등히 좋은 중고 양말도 있다. 그래서 잘만 고른다면 좋은 물건을 얼마든지 헐값에 챙길 수가 있다. 요는 수요자가 얼마나 건강한 비위를 지니고 있느냐에 달려 있겠지만.

주로 이곳에서는 웬만한 티셔츠 하나에 120루피 정도를 부르고 있는데, 물론 옷의 종류에 따라 가격이 달라지지만, 이는 아마도 20루피는 손님에게 깎일 것을 염두에 두고 책정한 가격인 것 같다. 설사 그렇다 하더라도 100루피라면 결코 싼 가격이 아니다. 그러므로 굳이 사려고 마음을 먹었다면 우선 절반 정도인 50~60루피 정도를 불러놓고 나서 흥정을 시작해야 한다.

오늘은 멀리서도 유독 어디서 많이 본 듯 친밀감을 주는 모자가 있어 가까이 다가가 보니 우리 나라의 민방위 마크가 새겨진 카키색 모자였다. 절로 웃음이 나왔다. 도대체 이 모자는 어떤 예사롭지 않은 사연을 지니고 있기에 히말라야 너머 오지 마을인 이곳 레의 좌판 위에까지 올라와 엎드려 있는 걸까? 그 내력이 궁금했다. 상인에게 얼마냐고 물으니 친절히 군 장성급이 쓰는 좋은 모자라고 설명하면서 30루피만 내라고 한다. 하하하!

그림과 연륜

지필묵과 함께 논다고 생각한 순간 그림이 순해지며 수월하게 풀리기 시작했다.

내게 있어 이십대란 재료나 도구가 지니고 있는 물성 파악이라든가 기초 역량을 익히던 시절이었고, 삼십대란 무엇을 그려야 할지 좌충우돌 지향점을 모색하던 시절이었으며, 사십대란 나 자신이 나아가야 할 화두를 얻은 시절이었다. 그리고 오십대에 이르러서야 비로소 나는 내 그림을 그리기 시작했다.

또한 이제껏 나는 어떻게 해서든 지필묵을 투쟁적으로 극복하려고만 애를 썼다. 그러나 그러면 그럴수록 그림은 끝 간 데 없이 어렵게만 느껴졌고, 지필묵과 함께 논다고 생각한 순간 마침내 그림이 순해지며 수월하게 풀리기 시작하였다. 그러고 보면 예술이란 오십 고개를 넘어서부터인가 보다.

뜻밖의 제안

7월로 접어든 요즈음이 라다크에선 지내기에 더 없이 아름다운 계절인 것 같다.

야생 장미의 일종인 셰아 꽃향기를 맡으며 아내와 레 근교의 뚝쨔 마을을 찾았다. 흐르는 유라를 따라 붉은 셰아 꽃잎들이 점점이 떠내려오고 있었다. 그리고 집집마다 울타리에는 달리아 같기도 하고, 금잔화 같기도 한 노란 꽃들이 번갈아 고개를 내밀어 우리를 향해 미소 짓고 있었다. 모르긴 해도 7월로 접어든 요즈음이 라다크에선 지내기에 더 없이 아름다운 계절인 것 같다.

조용하고 전원적인 분위기가 끌리는 집이 있기에 무조건 대문을 열어 한 발을 들여놓은 상태에서 집 주인을 찾았다. "헬로우! 헬로우!" 혹시 월세를 놓을 수 있는 빈 방이라도 있지 않을까 하는 기대감 때문이었다. 현관문이 열렸다. 그 집의 딸인 듯한 처녀 아이가 나왔다.

"응아 코레아네 용스펜."

우리가 한국에서 온 사람들이라 소개한 후 찾아온 이유를 설명하였더니 그는 잠시 기다리라 하고서는 다시 현관 안으로 사라졌다. 잠시 후 콧수염을 기른 오십대의 단정하면서도 중후한 모습의 사나이가 뒤따라 나왔다. 우리는 그저 문 밖에서 그 집을 찾은 까닭만을 이야기하고 돌아설 생각이었는데, 그는 극구 자기네 집으로 들어가자고 했다.

집 안은 밖에서 상상했던 것보다 훨씬 더 좋아 보였다. 우선 여느 집들과 달리 아래층에 채광이 좋은 응접실이 있었고, 그 응접실에는 고가의 소파가 놓여 있었다. 이어 컴퓨터와 오디오 시스템, 고풍스런 타자기 등이 눈에 들어왔다. 그리고 벽면에는 역시 좋아 보이는 그림이 안정감 있게 걸려 있어 집의 세련된 분위기를 말없이 대변해주고 있었다. 또 대화가 멎을 때마다 스피커에서는 멘델스존의 〈이탈리아〉가 잔잔히 흘러나왔다. 다과가 나오고 이야기는 계속되었다.

"저는 한국에서 온 화가인데, 평범하고 단란한 라다크의 가정에서 몇 달 동안이나마 함께 지내고 싶어 지금 적절한 집을 물색하고 있는 중이랍니다."

"아, 그러세요? 저는 공무원으로 일하고 있습니다. 레에 호텔을 하나 갖고 있기도 하고요. 지금은 휴가 중이라 집에서 쉬고 있지요. 지금 우리 집엔 아버지와 두 형제 가족들이 함께 살고 있는데, 마침 빈 방도 있고 하니 혹시 괜찮다면 우리 집에 와서 함께 지내는 것이 어떻겠습니까?"

뜻밖의 고마운 제안이었다.

"네? 고맙습니다. 하지만 제가 볼 때 당신네 댁은 라다크 사회에선 상당 수준의 상류 가정인 것 같은데요. 호의는 대단히 고맙지만 제가 한국

을 떠나올 때의 구상과는 적지 않은 거리가 있군요. 그러니 부디 이해해
주십시오."

그러자 남자는 말없이 빙그레 웃었다.

그렇게 이야기를 해놓고 나니 한편으론 아쉽기도 하였다. 쾌적한 생
활공간에 대한 아쉬움이기도 했지만, 만일 우리가 이들과 함께 생활하
게 된다면 여론 주도 층인 이들이 앞으로 다가올 라다크의 미래에 대해
어떤 생각들을 하고 있는지 이해하는 데 더없이 소중한 기회가 될 수도
있겠기 때문이다. 그러나 무엇보다 중요한 것은 라다크의 과거도 미래
도 아닌 현재의 정서를 이해하는 것이며, 그 현재란 평범한 라다키들이
엮어가는 통속적인 삶, 바로 그것일 터이다.

시간이 적지 아니 흘렀다. 우리는 혹시 주변에 우리가 원하는 그런 라
다크 가정이 있다면 소개해달라고 하면서 연락처를 남기고는 자리에서
일어섰다. 몸소 대문 밖까지 따라 나와 정중하게 전송하는 그가 상당히
고마웠다. 눈을 들어 히말라야의 설산을 바라보자니 어디선가 여름날의
육감적인 세아 꽃향기가 바람에 훅 끼쳐왔다.

대청보사로 이사하다

정이라는 것이 무엇이기에 돌아서는 발걸음을 이렇게 무겁게 하는지 모르겠다.

방을 구하기가 상당히 어렵다. 그동안 아는 사람들을 통해 여러 집을 알아보며 다녔지만 아직까지 이렇다 할 마음에 드는 방을 얻지 못했다. 우선 방을 구하는 데 따른 나의 까다로운 조건 때문이기도 하겠지만, 무엇보다 7~8월이 관광 성수기라 레 주변의 방값이 턱없이 비싸다. 통상적으로 방 하나에 700~800루피 정도면 구할 수 있고, 깨끗하고 넓은 방이라 할지라도 1,000루피 정도, 그리고 취사와 샤워를 할 수 있는 시설이 곁들여 있다면 1,500루피에 방을 얻을 수 있는 것이 레의 시세인데, 요즘은 방 하나에 보통 2,000루피를 호가한다. 게다가 주방 시설이라도 딸려 있으면 3,000루피를 요구하니 그동안 이곳에 살면서 라다크의 물정을 어느 정도 파악하고 있는 나로서는 그저 기가 막히지 않을 수 없다. 같은 루피화를 쓰고 있는 델리만 하더라도 4,000루피 정도면 수영장과 경비원이 딸려 있는 호화 주택의 방을 구할 수 있다고도 하는데, 히말라야 너머 시골 마을인 라다크의 방값이 해도 너무한다는 생각이 든다. 모두 관광 성수기 때문이다. '물 반, 고기 반'이라는 말도 있지만 요즘 이곳 레의 거리는 그야말로 '라다키 반, 외국인 반'이다.

그래서 생각다 못해 더 이상 방을 알아보는 것을 포기하고 레 근교 상카르에 있는 한국 절 대청보사에 잠시 기거하는 것이 좋겠다는 결정을 내렸다. 관광객처럼 단기간 방을 얻어 쓸 것도 아닌데 방세가 생활비에서 차지하는 비중이 너무 크면 안 되고, 더욱이 그동안 대청보사 이시 총무 스님(라다크 라마)의 제안도 있었기 때문이다. 절 집의 방을 빌려 지내다가 여름이 가고 관광객의 걸음이 뚝 그쳐 찬바람과 함께 낙엽이 구르는 9월이 오면 방값이 정상적인 가격으로 떨어지겠지. 혹 그때 가서도 여의치 않다면 레가 아닌 초그람사에서 방을 구하면 가격도 낮고 지내기에도 더 좋은 방을 얼마든지 구할 수 있을 것이다. 레에서 버스로 이십 분 가량 떨어진 초그람사에는 외국인들이 거의 살지 않으니까.

마침내 오늘 아침, 메밀레(할아버지), 아빌레(할머니), 아발레(아버지), 아말레(어머니) 등 앙모네 가족의 따뜻한 배웅을 받으며 택시에 짐을 실어 이사를 하였다. 처음 라다크에 들어올 때만 해도 살림살이라는 것이 오로지 배낭과 트렁크뿐이었는데, 그동안 이삿짐이 서너 배로 불어났다. 그나저나 정이라는 것이 무엇이기에 돌아서는 발걸음을 이렇게 무겁게 하는지 모르겠다. 귀염둥이 앙모의 모습이 시야에서 사라지려니 가슴이 허전해왔다.

보행자의 수난

지금 라다크가 바로 그런 보행자 수난의 시대가 아닌가 싶다.

부끄럽게도 우리 나라 자동차의 과속이 문제가 되고 있지만 라다크의 과속도 한국 못지않은 것 같다. 한국의 경우는 왕복 8차선 도로와 같이 도로 사정이 썩 양호하여 곧게 뻗은 것이 운전자로 하여금 과속을 하도록 부추기는 감이 없지 않지만, 차선도 그려넣을 수 없을 만큼 노폭이 협소한 데다 사람들의 통행도 번잡한 레 타운 뒷골목에서의 과속은 정말로 큰 문제가 아닐 수 없다.

한번은 메인 바자르에서 택시 정거장 앞을 지나 호텔가를 연결하는 뒷길을 두리번거리며 걸어가는데 갑자기 자동차가 다가와 급브레이크를 밟는 것이 아닌가. 놀라서 뒤를 돌아보니 운전기사가 상당히 근엄하면서도 경직된 표정으로 나의 위아래를 훑어보는 것이었다. 그 제스처로 보아 왜 미리 알아서 비켜서지 않았느냐는 투의 무언의 메시지였다. 우리 나라에서도 1950~60년대에는 자가용을 가진 사람들이 무슨 큰 벼

슬이나 한 것처럼 보행자 알기를 우습게 여기며 거리를 누비던 시절이 있었는데, 지금 라다크가 바로 그런 보행자 수난의 시대가 아닌가 싶다.

일반적으로 사람들이 과속하는 경우를 살펴보면 젊은 혈기를 잠재울 수 없는 상황이거나, 열등감이나 그 반대인 우월감을 표출하는 것, 또는 시간이 곧 현찰이라는 칼 같은 택시 철학으로 무장하여 운행하는 경우가 주일 것이다. 하지만 이곳 택시들의 과속은 대부분 그 속사정이 우리와는 전혀 다른 엉뚱한 곳에 있다. 다름 아니라 차량이 매우 노후했기 때문이다. 액셀러레이터를 자주 밟아 힘껏 속력을 내지 않으면 택시가 달리다가 시동이 꺼지는 사례를 한두 번 경험한 것이 아니다. 특히 초그람사의 택시들이 대체로 그러하다. 모르긴 해도 초그람사의 평균 차령은 어림잡아 십 년 정도는 되지 않을까 싶다.

오늘도 초그람사에 나갔다가 택시를 타고 돌아오는데 속력이 너무 빨라 그동안에 익혀둔 서툰 라다크어로 운전기사에게 점잖게 한 마디 주의를 주었다. "응에율라 메밀레 낭 붕부망포 송 토스앙(우리 마을 길엔 할아버지와 당나귀의 통행이 빈번하니 조심해서 운전해주시오)!" 그 말이 떨어지자마자 운전기사가 알아들었는지 빙그레 웃으며 속력을 늦췄다.

영혼의 파란 빛, 초모리리 호수

문득 호수 건너편 저쪽으로 황망히 망명을 하고 싶어졌다.

하늘에는 하늘의 정령이, 땅에는 땅의 정령이, 나무에는 나무의 정령이, 구름과 꽃, 짐승과 하다못해 구르는 돌에도 정령이 내재해 있다. 그 정령들이 서로 속삭이며 거대한 공동체를 이루며 살아가고 있다. 이처럼 천지신명을 사랑하는 하등 신앙만을 가지고서도 나는 얼마든지 주어진 생을 경건하게 살아갈 수 있을 것 같다.

점점 날씨가 더워지면서 히말라야의 설산이 사라지려 한다. 가까스로 아주 조금만 남아 하늘 위에 초승달처럼 떠 있다. 서둘러 초모리리 호수로 가야겠다. 레에서 남동쪽으로 215킬로미터, 해발 4,500미터, 세상의 모든 정령들이 내려와 물빛이 신비로운 곳으로.

지프는 호숫가에 자리를 잡고 있는 코르촉 마을로 들어섰다. 마을의 언덕 위에는 곰파가 자리를 잡고 있었고, 그 아래엔 약 서른 가구쯤 되어 보이는 집들이 남루한 모습으로 다닥다닥 붙어 있었다. 마치 어느 바닷

가의 갯마을을 연상케도 했다. 우리는 '레이크 뷰'라는 게스트하우스의 전망 좋은 방을 지정받아 짐을 풀었다. 호숫가에는 푸른 보릿대와 노란 세르센 꽃이 바람에 물결치고 있었다. 그 모습이 애잔하면서도 감동적이었다. 어쩌면 해발 4,500미터라는 높은 고도가 지니는 분위기 탓이었는지도 모르겠다.

아내와 나는 세르센 사이로 난 오솔길을 따라 호숫가로 갔다. 바람에 하얗게 부서지는 물결들이 마치 탄트라를 실은 타르쵸가 나부끼는 것 같았다. 바닥의 조약돌이 수면 위로 떠오를 만큼 물빛은 상당히 맑아 보였다. 아름다움이란 촉각으로 확인될 때라야 비로소 나와 하나가 되는 법. 두 손으로 호수의 물을 떠 맛을 보았다. 약간의 소금기가 남아 있었다. 기억이 미치지 못하는 아득한 옛날에는 이 일대가 바다였다는데, 그래서 그런지 바다갈매기와 같이 삽상한 나래를 지닌 하얀 새들이 쓸쓸히 하늘을 날고 있었다. 그것은 허공에 남아 있는 하나의 화석과도 같았다.

호수의 '초모리리'라는 이름에는 애절한 전설이 하나 전해 내려온다. 어느 날 초모(비구니)가 야크를 몰고 호숫가를 지나다 그만 야크가 실족을 하여 호수에 빠져버렸다. 깜짝 놀란 초모가 울면서 주위를 향해 "리리! 리리!(티베트어로 도와달라는 뜻)" 하고 외쳤고, 그러한 사연으로 호수의 이름이 '초모리리'가 되었다는 것이다.

내가 이때껏 살아오면서 인연을 맺었던 모든 영혼들을 이 호수에서 다시 만날 수 있을 것만 같다. 젊은 날 나와 푸른 교감을 가졌던 그리운 영혼들은 물론, 악연을 맺었던 사악한 혼들도 마침내 개과천선하여 이 호수 위에 푸르게 누워 있는 것만 같다. 어쩌면 물빛이 저렇게 푸를 수 있을까……. 초모리리 호수를 바라보면서 영혼의 빛이 파란 빛임을 확인할 수 있었다. 호수 건너편 쪽으로 갈수록 푸른 빛이 더욱 신비하게 감돌았다. 문득 호수 건너편 저쪽으로 황망히 망명을 하고 싶다는 생각…….

방으로 돌아와 자리에 누웠다. 달빛에 호수가 한없이 반짝였다. 그 반짝임은 세상의 선한 것이란 선한 것들이 모두 다 초모리리 호수에 모여 서로 귓속말로 속삭이는 것처럼만 보였다.

습기를 떨치며

습기를 떨치듯, 말을 타고 내닫는 그 모습에서 삽상한 비문명적인 활기가 느껴졌다.

초모리리를 떠났다. 오후가 되어 도착한 곳은 '초카르'라는 또 하나의 작은 호숫가에 자리 잡고 있는 삼마드 마을이다. 돌을 쌓아 만든 열다섯 가구의 집들이 옹기종기 모여 있는 초라한 유목민 마을인데, 이곳은 창탕이라는, 라다크에서 가장 높고(해발 4,500미터) 가장 추운 지역으로 겨울철 난방 때문에 집들은 모두 지붕이 낮고 조그마했다.

가끔씩 먼지바람이 불었다. 마을에 사람들이 없어 썰렁하기만 했다. 유목민들의 정주처라 4월부터 10월까지 연중 7개월 가량은 일부 노인네들을 제외한 모든 마을 사람들이 가축들을 몰고 방목을 떠났다가 겨울을 나러 다시 마을로 돌아온다고 한다.

오늘 밤엔 이곳에서 야영을 하기로 되어 있었다. 하지만 바람이 몹시 불어 텐트를 칠 수가 없었다. 하는 수 없이 우리는 마을에 있는 보건소의 빈 방을 빌릴 수 있는지 알아보기로 했다. 보건소에는 또뻴이라는 젖먹이 아이와 그 엄마인 간호사와 간호조무사, 그렇게 세 사람만이 자리를 지키고 있었다. 사정을 이야기하였더니 웃으며 아무런 부담감을 갖지 말고 편히 쉬었다 가라며, 그들은 이 일대에 흩어져 생활하고 있는 유목민들을 상대로 순회 진료를 펼치고 있다고 자신들을 소개했다.

백야와 같은 달밤을 보냈다. 마음속까지 훤히 비쳐 보이는 달빛이었다. 아침에 일어나 간단히 식사를 마친 후 9시 50분경, 우리는 그들이 지어 보이는 순정한 히말라야의 미소를 뒤로한 채 다시 삼마드 마을을 떠났다.

지프는 넓은 평원을 한참 동안이나 쓸쓸히 달렸다. 하늘과 가까운 곳이라 그런지 초원은 신이 아침식사라도 하기 위해 꾸며놓은 정원처럼 심플하고 아름다웠다. 인간이 발을 들여놓기에는 왠지 불경스러울 정도로……. 그리고 저 멀리 하늘과 맞닿은 지평선을 바라보자니 강신(降神) 현상과 함께 오체투지라도 해야만 할 것 같은 기분이 들었다.

지프의 흔들림만이 이따금 평원의 적막을 깰 뿐이었다. 가끔씩 풀을 뜯는 양 떼들과 유목민의 텐트촌이 눈에 들어오기도 하였다. 잠시 차에서 내려 휴식을 취하였다. 문득 습기(習氣)를 떨치며 이곳저곳을 이동하며 살아가는 유목민의 삶이 부러워졌다. 현대인의 불행이란 부족함에서 오기보다는 오히려 넘쳐나는 권태로움으로부터 오는 것일 수도 있다. 그뿐만 아니라 화가의 불행 또한 타성과 같은 습기에 안주하여 지낼 때 오는 것이기도 하다. 따라서 날이면 날마다 매일같이 습기를 떨치며 살

아갈 수 있을 때, 비로소 화가는 가슴에 탄력을 얻어 행복해질 수 있으리라.

그런 생각에 잠기려는데 갑자기 말발굽 소리가 요란하게 들려와 뒤를 돌아보니 유목민 소년이 말을 타고 평원 속으로 사라졌다. 순간적이었다. 습기를 떨치듯, 말을 타고 내닫는 그 모습에서 삽상한 비문명적인 활기 같은 것이 느껴졌다. 삶도 그림도 저와 같은 모습이어야 하리라.

오래된 미래

몸소 라다크적인 삶을 실천할 때라야 비로소 라다크인도 그 뜻을 따르게 될 것이다.

'오래된 미래(Ancient Future)'라는 제목의 비디오 상영이 일요일을 제외한 매일 오후 3시에 라다크 여성동맹에서 있다는 공고가 거리에 나붙어 오늘은 그곳엘 다녀왔다. 처음엔 헬레나 노르베리-호지 여사가 관계하는 생태학센터(Ecological Center)에서 상영하는 줄 잘못 알고 그곳으로 갔다가 발길을 되돌렸다.

시간이 되자 열두 명의 다국적 관람객들이 여성동맹 강당으로 모여들었고(관광철이므로), 안내자의 간단한 설명이 있은 후, TV 화면에서는 호지 여사의 《오래된 미래》라는 책을 바탕으로 한 동영상이 내레이션과 함께 흘러나왔다.

전반부에서는 책의 내용과 마찬가지로 개방 이전의 욕심 없이 평화롭게 살던 라다크 사람들의 모습이 먼 옛날의 추억처럼 잔잔히 흘러나왔고, 후반부에 이르러서는 개방으로 인한 생활환경의 오염과 라다크 전래의 아름다운 공동체 문화가 파괴되어가는 안타까운 장면들을 보여주었다. 그러면서 태양열을 이용한 주택 난방 시스템, 솔라 시스템을 이용한 조명 시설 등 적정 기술들을 자연 생태적 문화를 유지하기 위한 대안으로 제시하고 있었다.

비디오를 다 보고 나자, 호지 여사는 농경사회의 모든 가치를 이상적으로 여기고 있는 것이 아닌가 하는 생각이 들었다. 라다크에 처음 발을 디뎠던 1970년대의 가난하지만 행복하게 살던 라다크인의 삶에 매료된 호지 여사의 나이브한 꿈이 라다크 프로젝트라는, 어찌 보면 라다크 사람들의 바람이나 기본 정서와는 다소 유리된 어색한 사업을 전개시키고 있다는 생각 말이다. 아니면 그들을 계도할 수 있다는 한 백인 여자의 지적 우월감이 저런 열정을 불태우게 하고 있는지도 모를 일이다.

참고로 생태학센터뿐만 아니라 여성동맹 마당에도 적정 기술의 샘플인 태양열 오븐이라든가 풍력 발전기 등을 전시해놓고 있는데, 과연 저러한 기구들로 라다크 사회가 필요로 하는 에너지의 몇 퍼센트나 대체할 수 있을까 하는 의구심이 들었고, 결국에는 그러한 기구들이 오로지 캠페인을 위한 전시용이 아닌가 할 정도로 품질이 수준을 밑돌았다. 더욱 아이러니컬한 것은 그들의 건물에서도 태양열 오븐이 아닌 가스레인지를 이용해 음식을 만들고 있으며, 솔라나 풍력 전기가 아닌 지역 화력 발전소의 전기로 시설물들을 유지, 관리하고 있다는 점이다.

게다가 호지 여사는 과거 1970년대 라다크의 삶을 그리워하며 나아가 개방 이전의 삶을 이상으로 여기고 있지만, 정작 자신은 그러한 삶과는

무관하게 살아왔으며 현재 또한 반(反)생태적 산업사회가 조성해놓은 가치 속에서 삶을 불태우고 있다. 실제로 내가 알고 지내는 쉐남 마을의 톱스탄 씨는 라다크에 자동차가 드물던 1980년대, 호지 여사가 기사까지 고용한 고급 자가용 지프를 몰고 라다크 골짜기를 누빌 때는 현지 라다크인으로서 그때까지 느껴보지 못한 상대적 빈곤감과 함께 문화적 열등감이 대단했다고 한다. 담배를 피우는 성인이 흡연은 건강에 해로운 것이니 담배를 피우지 말라는 식으로는 결코 청소년을 설득할 수 없는 것처럼, 호지 여사가 진정으로 자신의 뜻을 펼치고자 한다면 몸소 라다크적인 삶을 실천할 때라야 비로소 라다크인도 자신들이 누리고 있는 삶의 소중함을 깨우쳐 그의 뜻을 따르게 될 것이다.

이발관에서

이발 의자에 앉고 보니 지나간 수십 년간의 세월이 주마등처럼 흘러갔다.

그동안 라다크에 들어와 이 구경 저 구경 하며 지내느라 머리가 자라는 줄도 모르고 황망한 나날들을 보냈다. 며칠 있으면 장스카르 계곡에 들어갈 텐데 가기 전에 이발을 해야 할 것 같아 오늘은 시간을 내어 메인 바자르의 이발관을 찾았다. 다섯 평 정도의 협소한 공간에 이발 의자가 세 대 놓여 있고, 이발사도 좌석 수에 맞추어 세 사람이 일하고 있었다. 기다리는 동안 연신 고객들이 드나들었다. 물을 튀겨가며 머리를 감겨주는 서비스가 생략되다 보니, 이발을 마치는 데까지 소요되는 시간은 불과 이십 분 남짓밖에 되지 않았다.

대형 거울을 앞에 두고 이발 의자에 앉고 보니, 갑자기 피로가 몰려오며 문득 지나간 수십 년간의 세월이 주마등처럼 흘러갔다. 하얗게 센 머리도 머리지만 앞머리도 많이 벗겨졌고, 느닷없는 콧수염과 턱수염은 어쩌면 이렇게도 나를 알아보기 어려운 낯선 초상으로 만들어놓았는지……. 더욱이 놀라운 것은 뒷거울에 비친 나의 뒷모습이었다. 앞머리와 연계하여 마침내 뒷머리도 훤히 드러나 보이기 시작했던 것이다. 아무튼 세월이 흐르면 흐를수록 조물주의 속뜻은 종잡을 수가 없다. 나의 가슴속엔 아직도 영랑의 모란이 지지 않았고, 헤르만 헤세의 '고타마 싯다르타'가 건너던 강물도 변함없이 흐르건만……. 약년(弱年)의 나이에 흠뻑 빠졌던 그 책들을 떠올리며 거울에 비친 나의 몰골을 훔쳐보려니, 갑자기 내 신세가 쑥스럽고 머쓱하게 느껴졌다.

아름답고 푸른 마날리

히마찰 프라데시의 마날리 거리를 거닐다 보면 가슴이 따뜻해져온다.

7월 말부터 8월 초까지 약 이주일간의 장스카르 계곡 트레킹을 마친 후, 아내와 나는 9월 5일로 되어 있는 비자 만료일도 가까워지고 해서 이웃 나라 방글라데시로 여행을 떠나기로 했다. 마날리를 지나 델리, 아그라, 바라나시, 캘커타를 차례로 둘러보고 방글라데시의 다카, 치타공으로 간 다음, 거기서 6개월짜리 인도 입국비자를 받은 후 다시 캘커타, 델리, 잠무, 스리나가르를 거쳐 라다크로 돌아오자고 계획을 세웠다.

긴 여행의 첫 도착지인 마날리는 히말라야 산속의 작고, 푸르고, 아름다운 마을이다. 그렇다고 해서 선진국의 어느 거리처럼 세련돼 보이지는 않는다. 차라리 조금은 어수룩해 보인다. 가로등이 있고 그 아래로는 걸인들도 다닌다. 하지만 아름답게 디자인된 거리의 발코니가 사람들의 눈길을 잡아끌기도 한다.

Manali Valley

해발 고도 2,050미터, 인구 약 4,200명. 같은 히말라야권에 속해 있지만 극한 상황 속에서 겨우 버텨내고 있는 듯 몹시 절박한 인상을 주는 라다크의 레 거리와는 달리, 히마찰 프라데시의 마날리 거리를 거닐다 보면 가슴이 따뜻해져온다. 그리고 왠지 모형처럼 느껴지는 그 거리에 서면 마치 내가 순정만화의 주인공이라도 된 듯, 기분이 애잔하게 상기되기도 한다. 만화의 첫 페이지는 아마도 이쯤으로 시작될 것이다.

초조하게 시계탑의 시계 바늘을 지켜보고 있다. 분명 이 거리의 바로 이 우체통 앞에서 긴 머리 소녀를 만나기로 했는데……. 그런데 소녀는 약속 시간이 한 시간이나 지난 지금까지도 나타나질 않고 있다. 혹시 무슨 불길한 일이라도 생긴 것은 아닐까? 교통사고…… 아니면 백혈병이 악화되기라도……? 마날리의 밤하늘에 남쪽 나라 십자성같이 반짝이는 눈망울을 한 소녀의 모습이 아련히 떠오른다.

키 높은 아름드리 삼나무 숲이 마을을 에워싸고 있는가 하면, 마을의 앞과 뒤로는 높은 산이 있어 사람들을 포근하게 감싸주는, 그 아름다운 만화 같은 거리 속을 자전거와 세 발 오토릭샤가 관광객을 태우고 하루 종일 고단하게 굴러다닌다. 아마도 그 릭샤왈라의 집 창 너머로는 오늘 저녁에도 그의 아내와 아이들의 따뜻한 웃음소리가 그치지 않을 것이다. 마날리는 히말라야 산속의 작고, 푸르고, 아름다운 마을이다.

공원에서의 해프닝

거지 커플이 그렇게 해맑은 모습으로 웃음을 웃는 것을 난생 처음 보았다.

비가 그치고 날씨도 개어 마날리 뒤편 언덕에 있는 산림공원을 찾았다. 공원에는 뒤틀린 강원도의 소나무와는 달리 수십 미터씩이나 곧게 뻗은 아름드리 소나무가 빽빽이 들어차 있어 보기만 해도 가슴속이 다 서늘해왔다. 휴일인 데다 날씨까지 무더워서인지 공원엔 많은 사람들이 가족을 동반하여 놀러 나와 있었다. 사진을 찍는 관광객들을 위해 돈을 받고 코브라를 다루는 사람, 야크를 끌고 나와 아이들을 태우고 사진을 찍어주는 사진사, 그리고 사람들이 많이 몰리는 곳이라 그런지 다운타운 못지않게 거지들의 모습도 눈에 많이 띄었다. 아이 거지, 어른 거지, 여자 거지, 남자 거지, 사람들을 따라다니는 거지, 좌정을 하고 앉아 기다리는 거지 등 매우 다양하였다.

그런데 산책 도중 공원에서 작은 해프닝이 일어났다. 다름이 아니라 사람들의 통행이 잦은 곳에 자리를 잡고 앉아 있는 거지 부부 바로 앞을 지나던 한 관광객이 갑자기 소리를 내어 방귀를 뀐 것이다. 아마도 실수였던 것 같다. 그러자 마누라 거지가 고개를 옆으로 획 돌리더니 재수가 없다는 듯, 침을 퉤 하고 뱉으면서 옆에 앉은 남편 거지에게 무어라 투정을 부리는 것이었다. 순간 그 모습이 어찌나 우습고 재미있던지 나도 모르게 공원이 떠나가라 "와~ 하하하하!" 하고 한 바탕 큰 소리로 웃어버렸다(모름지기 웃음은 참으면 유쾌함이 반감된다). 그랬더니 뜻밖에도 그 거지 부부도 따라 함께 웃는 것이 아닌가. 순간 미안하기도 하고, 한편으론 신기하기도 하였다. 거지 커플이 그렇게 해맑은 모습으로 웃는 것을 난생 처음 보았기 때문이다. 그래서 기분이 썩 유쾌하였다.

그런데 거지에게도 배필이 붙어 있다니……. 남자에게는 자신의 처지를 숙명으로 받아들여 거지가 될 수밖에 없는 실존적 까닭이 있다지만, 애꿎은 여자야 무슨 사유로 함께 거지가 되었을까. 생각건대 아마도 애 아버지와의 차마 끊을 수 없는 두터운 정 때문인 것 같다. 보통 한쪽이 생활 능력을 상실하여 거지가 되면 한쪽은 아이들을 남겨놓고 소리 소문 없이 집을 나가버리는 것이 상례인 듯한데…….

아무튼 오늘 낮에 본 거지 커플을 떠올리며 지상에서도 천상계와 마찬가지로 조건 없이 아름다운 '엔드리스 러브'를 구가하는 사람들이 있음을 확인할 수 있어 기뻤다.

델리에서 신나는 일

내가 탄 자전거릭샤가 내리막길을 만나 바람처럼 달려 내려간다.

온몸으로 페달을 밟으며 언덕길을 오르던 릭샤꾼의 비참한 뒷모습을 본 후론 내 생애 다시는 자전거릭샤를 타지 않으리라 결심했다. 하지만 뙤약볕 아래 앉아 마냥 10루피짜리 손님을 기다리는 수심 어린 릭샤꾼의 눈동자를 보고서는 차마 타지 않을 수도 없다. 델리에서 가장 신나는 일은 내가 탄 자전거릭샤가 내리막길을 만나 바람처럼 달려 내려갈 때다. 그때는 정말 기뻐서 눈물이 다 날 것만 같다.

아그라의 저녁 해

릭샤 타는 기분보다는 노인네가 나를 띄워주는 그 황홀감 때문에 하루해가 즐거워진다.

타지마할이 있어 아름다운 아그라 하늘의 구름은 질감마저도 우윳빛 대리석처럼 우아해 보인다. 바쁠 것 없는 나와 아내는 시내 나들이를 할 때 주로 자전거릭샤를 이용한다. 인력에 의해 움직이는 자전거릭샤야말로 인도에서 이용할 수 있는 가장 한가로운 교통수단이라 여겨지기 때문이다.

오늘은 족히 육십대 후반은 되어 보이는, 머리가 하얗게 센 노인이 끄는 릭샤를 탔다. 일흔을 바라보는 황혼의 나이임에도 불구하고 사람을 태우고 페달을 밟는 노동 집약적인 일을 하는 노인의 모습을 바라보며 새삼 삶의 경건성에 대해 생각해보았다. 노인네들의 릭샤를 타면 비록 젊은 사람들이 어깨의 근육을 세워가며 밟아대는 릭샤에 매번 추월을 당하는 등 속력 면에 있어서는 다소 뒤처지는 감이 없지 않으나, 바로 그러한 점 때문에 오히려 아그라의 구석구석을 음미하며 돌아볼 수 있는 여유를 가질 수 있어 좋다.

　그 외에도 한 가지 더 좋은 점이 있다면, 노인들은 젊은 릭샤꾼에 비해 승객을 위하는 마음씨가 정중하다. 물건을 사기 위해 시장이나 슈퍼에 들를 때마다 "일을 마치고 나올 때까지 여기서 잠시만 기다려달라"고 부탁을 하면, 노인네는 큰 소리로 "노 프러블럼!"이라고 외치며 마치 힌두 신에게 하듯 두 손을 모아 자신의 이마에 갖다대면서 나를 향해 경건하게 기도까지 하는 것이다. 처음에는 노인네의 행동이 낯설기도 하고 송구스럽기도 하여 매우 당황했지만 횟수가 되풀이되면서 오히려 기분이 좋아졌다. 한마디로 노인네가 그렇게 나를 붕~ 띄워주는 것이다. 그럴 때마다 노인네의 의도대로 나는 높은 곳으로 두둥실 떠올랐다. 노인이 한번 기도를 할 때면 나는 높은 유카라 나뭇가지 위로 떠올랐다가 내려오기도 하고, 다시 타지마할 둥근 돔 위로 올랐다가 내려오기도 한다. 그리고 다시 한 번 노인네가 눈을 지그시 감고 두 손을 모을 때면, 나는 곡절도 모르게 야무나 강 위를 떠도는 구름 위까지 정신없이 날아올랐다가 내려오기도 한다.

　이쯤 되고 보면 릭샤 타는 기분보다는 노인네가 간단없이 나를 붕 띄워주는 그 황홀감 때문에 하루해가 즐거워진다. 오늘 따라 아그라의 저녁 해는 타지마할의 돔 지붕뿐만 아니라 노인의 마음까지도 곱게 물들일 것만 같다.

오! 캘커타

캘커타는 상식적인 사고와 감성을 초월하는 놀라운 도시다.

캘커타의 첫인상은 마치 악령이 깃들어 있는 도시와 같았다. 델리-캘커타 간의 종착역인 하우라 역 앞에서 바라본 도시의 모습이 그랬는데, 심지어 섬뜩해 보이기까지 했다. 인도의 여타 도시들도 사정은 비슷하지만 특히 캘커타의 거리는 몹시 어둡고 얼룩져 보여 그 모습이 마치 장마 후 수해 복구 작업이 이루어지지 않고 있는 도시 같다. 그런가 하면 건물들은 대형 화재 후의 모습처럼 너무나 오래되고 낡아 검게 그을려 보이기도 한다. 더욱 놀라운 것은 사람들이 살고 있는데도 불구하고 오래된 건물 옥상이나 벽면의 갈라진 틈새에서는 마치 고대 앙코르와트 유적에서처럼 나무들이 뿌리를 박고 자라고 있다는 점이다. 그러한 도심을 죄수 호송차와 같은 음산한 모습을 한 버스와 고철 덩어리인 전차, 각종 릭샤, 그리고 사람이 끄는 인력거들이 한데 뒤엉켜 몰려다니고 있다. 그런가 하면 새롭게 지은 첨단 디자인의 고층 빌딩들이 하늘을 찌르고 있어 때로는 보는 사람의 눈을 어리둥절하게 만든다.

대부분의 캘커타 거리에는 차선이 그려져 있지 않다. 그리고 신호등도 없다. 그러니 자동차나 사람들은 그때그때 상황을 보아가며 적절히 운신하면 된다. 먼저 밀어붙이는 쪽의 뱃심대로 교통의 흐름이 수시로 바뀌니 아슬아슬한 순간들이 끊임없이 계속된다. 그래서 그런지 캘커타에서는 긁히거나 찌그러지지 않은 차가 거의 없다. 또 거추장스러워서인지 조수석 백미러는 아예 떼어버리거나 꺾어서 다니곤 한다. 내가 탄 차가 거리의 혼잡을 피해 잠시 멈춰 기다리고 서 있는 동안에도 전차가 커브길을 돌면서 옆에 정차해 있던 승용차의 앞 범퍼를 와지끈 찌그러트리며 지나가는 것을 보았다. 물론 전차의 허리에도 보기 싫은 상처가 추가되었다. 그렇다고 해서 그 문제로 시비가 벌어지지는 않았다. 짐작컨대 차선도 없고 신호등도 없는 도로에서의 모든 차량 사고는 쌍방과실일 터이므로.

캘커타에서는 건물에 도색을 새로 한다든가 자동차 보수 작업 같은 것은 아예 염두에도 두지 않는 것 같다. 한번 건물을 짓거나 자동차를 출고하면 처음 상태 그대로 철거나 폐차 때까지 가는 것 같다. 그런데 곰곰이 생각해보면 그러한 모습들이 반드시 경제 사정이 열악한 데서 온 결과만은 아닌 것 같다. 무엇인가 인도인들의 마음속 깊숙이 자리 잡고 있는 어떤 숙명론 같은 것이 바탕에 깔려 있기 때문인 듯하다. '현세에서 야망 없이 살아왔고 숙명에 따라 지금껏 살아왔기에 삶에 여한은 없다. 현실을 분식(粉飾)한들 무엇하랴. 따라서 다가올 죽음이 그렇게 비탄하지는 않다'는 생각에서 비롯된…….

델리가 올드델리와 뉴델리로 새로움과 낡음이 분리되어 병존하는 도시라면 캘커타는 새로움과 낡음이 마구 뒤섞여 혼재하는 도시다. 그리고 비정형의 삶이 인도인들의 모습이라 한다면, 정형이라고는 찾아볼 수 없는 캘커타야말로 가장 인도적인 도시가 아닐까 싶다. 결코 어떤 수사만으로는 한정 지을 수 없는 삶의 엄정한 리얼리티가 읽혀지는 도시다.

그리고 이러한 비정형의 토양이 있기에 인도의 혼을 암흑 속에서의 장명등 빛으로 승화시킨 시성 타고르가 캘커타에서 배출될 수 있었을 것이다. 예측이 뻔한 합리적인 서구적 가치만을 좇는 한 삶의 한계와 그로부터 비롯되는 권태라는 만성 바이러스는 퇴치키 어려울 것이고, 생의 예정된 수순만을 밟으려 하는 한 우리 나라에서는 타고르나 간디와 같은 위대한 인간의 출현을 기대할 수 없을 것이다. 신이 혼돈 속에서 우주를 창조했듯, 타고르는 캘커타와 같은 혼돈과 비정형 속에서 깊은 빛을 끌어낸 것이다. 아무튼 한국적인 환경에서만 살아온 나로서 캘커타는 상식적인 사고와 감성을 초월하는 놀라운 도시라고 할 수밖에 없다.

Himachal Shimla

스리나가르의 하늘 위로

도로변에는 원숭이 가족이 가을볕을 머리에 이고 한가로이 시간을 보내고 있다.

인도의 여러 도시를 차례차례 밟으며 우리는 방글라데시에 도착해 6개월짜리 인도 입국비자를 받은 후 인도로 돌아왔다. 다시 캘거타를 지난 뒤 지친 몸을 이끌고 오후 4시 5분 뉴델리 역을 떠나 잠무로 향했다. 잠무에서부터는 지프에 합승해 이동했는데, 스리나가르를 경유하여 카르길까지 가는 길은 파키스탄과의 접경 지역이라 테러나 포탄 투하와 같은 위험이 상존해 있다고 했다. 이 일대가 인도로서는 파키스탄과 접경한 최전방 지역인 셈이라 체크포스트를 지날 때마다 매번 경찰들의 여행객 수화물 검색이 철저하였다. 혹시나 발생할지도 모를 테러를 미연에 방지하기 위한 조처일 것이다. 하지만 포탄이 날아다니다가 설마 우리가 탄 지프 지붕 위로야 떨어지지는 않겠지 하는, 사람 잡는다는 '설마'를 믿으며 계속 스리나가르로 향했다. 차가 스리나가르 시가지로 들어서려니 무장한 군인들이 20~30미터마다 한 사람씩 삼엄하게 경계

를 펴고 있어 마치 계엄령이 내린 도시 같았다. 그러나 시민들의 모습에서는 어떠한 일탈된 동요도 없이 지극한 평상심을 읽을 수 있었다.

높은 산지로 둘러싸인 스리나가르의 들녘은 마치 추석 전후의 한국의 가을 들판과 너무나 흡사하여 감회가 깊었다. 벼들이 누렇게 익어 고개를 숙이고 있었다. 그리고 도로변에는 원숭이 가족이 하얀 드레스 같은 가을볕을 머리에 이고 앉아 한가로이 시간을 보내고 있었다. 떠돌이 여행자로서 마냥 평화롭게만 보이는 그 원숭이 가족의 모습이 몹시 부러웠다. 더러는 우리를 향해 손을 흔들어주는 것도 같았다.

그러한 즐거운 소풍 길에 돌을 던지는 사람은 주로 호객꾼들이다. 이번에는 호객꾼이 우리가 타고 있는 자동차가 잠시 정차해 있는 사이에 차 내로 잠입해들어 이후 계속해서 우리를 따라다니며 채근하였다. 자동차 운전자와 모종의 관계가 있나 보다. 수법도 놀라웠지만 참으로 집요하였다. 이렇게 파렴치한 인간을 만나면 나는 우선 화부터 치밀어오른다. 사단칠정이 조화롭게 제어되지 않는 것이다. 급기야는 손에 쥐고 있던 책을 집어던졌다. 이번에는 재물이 파손되는 사건이 발생하였다. 책이 저만치서 흰자위를 까고 거품을 문 채로 쓰러졌다. 책갈피가 갈라져 아예 사지를 죽 뻗은 모습이었다. 침낭을 던진다는 것이 그만 침낭은 왼손에, 책은 오른손에 들고 있었더니 오른손의 물건이 반사적으로 먼저 나갔던 것이다. 급할 때는 이성적인 판단보다는 관습이 먼저 반응한다는 점을 뒤늦게 깨달았다.

간혹 이곳 사람들의 호객 행위는 정말로 혐오감을 줄 때가 있다. 물론 여행을 하다 보면 호객꾼의 도움이 요긴하게 필요할 때도 있을 것이다. 하지만 절반 정도는 폐해에 가깝지 않나 싶다. 물론 그 폐해란 물건이나 서비스 질에 비하여 높게 책정되는 바가지요금이다. 상황 판단은 여행자 자신이 각자 알아서 지혜롭게 처리할 일이지만.

그나저나 진동리를 떠날 때 서울 원익이 아빠가 인도 여행을 잘 하라고 선물한 인도 가이드북인데 그 소중한 선물을 저렇게 버려놓았으니 이 일을 어찌한다……. 그림 같은 달 호수의 호반에 턱을 괴고 앉아 상념에 잠기려니 미소를 띤 원익이 아빠의 선한 모습이 스리나가르의 하늘 위로 아련히 떠올라 상심한 마음에 다소 위안이 되었다.

집시들의 행렬

자연의 선한 시종이자 실루엣인 집시들과 잠시나마 눈빛을 마주치니 가슴이 설레었다.

가을의 대기 속에는 질소와 산소, 이산화탄소 외에도 공허라는 성분이 더 녹아 있는 것 같다. 9월도 하순으로 접어들자 숲이 스러지면서 가슴속에서는 간벌 작업이 급속히 진행되고 있다. 특히 한국과 여러모로 닮아 있는 스리나가르의 들녘을 지나려니 더욱 그렇게 느껴진다.

카슈미르 스리나가르 지방의 농촌은 마치 한국의 1960년대 풍경을 연상시킨다. 아직 경지 정리가 되지 않아 구불구불한 논배미의 정감이 가는 모습이라든가, 그 논두렁길로 어린아이들이 삼삼오오 웃으며 달려가는 모습, 그리고 신작로를 따라 굴렁쇠를 굴리며 집으로 돌아가는 아이들의 모습을 바라보려니 어린 시절로 돌아간 기분이다.

카슈미르에서는 벼를 탈곡할 때 논 가운데 잘 다져진 작은 마당을 만들어놓고서는 드럼통이나 커다란 통나무 토막 앞에 두세 사람이 나란히 서서 그 위에 볏단을 두드려대면서 낟알을 털어내고 있었다. 이쯤 되고 보면 우리 나라의 1960년대 풍속이 아니라 1940~50년대 이전의 모습을 연상시키지 않을까. 아니 더 거슬러올라가 마치 조선조 김홍도의 풍속도에서나 볼 수 있는 그런 원시적인 방법으로 탈곡을 하고 있었다. 요즘 같은 인터넷 시대에 콤바인은 고사하고 발로 밟아대는 족답(足踏)식 탈곡기조차 구경할 수 없으니 이해가 되지 않는 모습이다.

이제는 돌아올 수 없는 옛 추억이 돼버렸지만 논에 메뚜기 튀던 가을날, 탈곡기 돌아가는 소리가 이 동리 저 동리서 '왕왕왕' 힘차게 들려올 때면 풍성한 새참과 더불어 끊임없이 피어오르던 이웃들의 웃음소리가 그렇게 훈훈할 수 없었다. 그런 추수철이면 어린 우리들의 마음도 덩달아 들뜨고, 강아지들도 몰려다니면서 볏 짚단 위에서 구르곤 했다. 이제와 생각하려니 그러한 모습이 인간으로서 연출할 수 있는 가장 아름다운 어울림의 미학이 아니었나 싶다. 그러나 이제 그 따뜻한 모습을 잃어버린 우리는 누구라 할 것 없이 쓸쓸하고 외롭다.

스리나가르를 벗어난 지 한 시간쯤 되었을까, 한 무리의 집시가 차창밖으로 스쳐 지나갔다. 대여섯 가족이 서른 마리 가량의 마소와 함께 움직이는 긴 행렬이었다. 그중 약한 딸아이들은 말에 태우고 남은 식구들은 걸어서 뒤를 쫓고 있었다. 카메라에 잡고 싶었지만 이내 그들의 모습은 저만치 멀어져갔다. 침묵으로 이동하는 집시 가족의 모습이 숙연하면서도 경건하게 느껴졌다.

이곳의 집시들은 산에 일정한 거처를 마련해놓고 겨울철을 제외한 다

른 계절에는 주로 이 산, 저 산 옮겨다니며 산속에서 산출되는 산림 부산물들, 즉 버섯이나 나물, 약재 따위를 채취하여 스리나가르의 시장에 내다 판다고 한다. 집시들은 밤새 내린 이슬만 먹으면서 하는 일 없이 낮잠을 자거나 기타나 치면서 살아가는 사람들인가 싶었는데, 오늘 나보다 더 생업에 진지한 그들의 모습을 대하니 나 자신이 좀 쑥스러워졌다. 그렇게 아름다운 이미지 뒤에는 생존을 위한 그들만의 엄혹한 시련이 자리 잡고 있었다.

가까운 산자락에 집시 가족이 임시 거처로 마련해놓은 천막촌이 보여 손을 흔들었더니 온 가족이 손을 흔들어 답례해주었다. 자연의 선한 시종이자 실루엣인 집시들과 잠시나마 눈빛을 마주치니 가슴이 설레었다. 내일은 또 어느 곳에다 자리를 잡고 하룻밤을 지새울까? 산에서는 만년설 녹아 흐르는 맑은 물이 경쾌하게 흘러내리고 있다.

트럭을 타고

트럭 한 대가 저만치서 불곰처럼 식식거리며 달려왔다.

　마침내 기나긴 여정이 막바지에 다다라 아내와 나는 스리나가르를 지난 뒤 조지라 고개를 넘어 다시 라다크 지역으로 들어섰다. 이 일대에서는 교통편이 불편해, 라마유르를 둘러보고 다음 목적지인 알치로 가기 위해 마을을 지나는 트럭을 얻어 타기로 했다.

　트럭이 달려오기에 우리는 두 손을 들어 차를 세웠다. 하지만 트럭은 그대로 우리를 지나쳐버렸다. 앞좌석에 이미 여러 사람이 앉아 있는 것 같았다. 어느 만큼을 도로변에 앉아 기다리고 있으려니 다시 트럭 한 대가 저만치서 불곰처럼 식식거리며 달려왔다. 손을 들었다. 고맙게도 이번에는 정차하여주었다. 운전사는 터번을 두른 시크교도였다. 방금 인두로 지져놓은 것 같은 시커먼 눈썹과 그 아래 주먹밥을 붙여놓은 것 같은 커다란 눈망울, 그리고 텁수룩한 턱수염 때문에 인상이 마치 대도 임꺽정처럼 매우 부리부리해 보였다.

운전석으로 다가가 알치! 알치! 하고 소리를 질렀다. 운전자는 손짓으로 타라는 시늉을 해보였다. 앞바퀴와 발판을 번갈아 밟아가며 사람 키보다 높은 조수석으로 힘들게 올랐다. 운전자와 조수 두 사람뿐이었다. 올라보니 공간이 밖에서 생각했던 것과 달리 상당히 넓어 보였다. 다섯 명은 충분히 앉아 갈 수 있을 것 같았는데, 운전석과 조수석이 있고 그 사이에 두 사람이 더 앉을 수 있었다. 그리고 뒤쪽으로는 한 사람 정도가 누울 수 있는 침대 같은 공간이 따로 있었다. 아마도 야간 주행시 이용하는 시설인 것 같았다. 우리는 침대에 걸터앉아 가기로 했다.

라마유르와 알치 간의 자동차길은 굴곡과 구배가 상당히 심한 구간이다. 게다가 노폭도 좁아 어떤 지점에 이르러서는 자동차 바퀴가 벼랑 끝으로부터 불과 30센티미터 정도만을 남겨놓고 달리기 때문에 창밖을 내려다보노라면 자칫 정신을 잃을 것만 같다. 그런 길을 두 시간 남짓 계속해서 달렸다. 헌데 가뜩이나 길이 험해 불안한데 그 외에 한 가지 더 우리를 두렵게 하는 요인이 있다면 운전자의 운전하는 자세였다. 사실 그런 길에서는 운전자가 담배를 피우며 운전하는 것만 해도 불안하다. 그런데 이 운전자는 한 술 더 떠서 양치질까지 해가며 차를 몰아댔다. 지난밤 어디서 잠을 잤는지는 몰라도 출발하기 전 양치질을 할 겨를도 없이 바빴단 말인가. 그는 계속해서 옆에 앉은 조수에게 칫솔을 달라, 양치 컵에 물을 부어달라 주문하면서 한 손으로는 운전대를 잡고 한 손으로는 칫솔질을 해가면서 달렸다. 그런가 하면 운전석 창밖으로 입 안 가득 불어난 치약을 뱉어가며 주행을 하기도 해 뒤에 앉은 우리로서는 몹시 불안했다. 저러다 운전 중에 세수까지 해치우려는 것은 아닐 테지. 그렇게 하자면 필시 손이 아닌 두 발을 핸들 위에 올려놓고 바쁘게 돌려대야 할 텐데……. 하지만 다행스럽게도 그런 일은 일어나지 않았다.

그들은 자동차에 철근을 싣고 잠무를 떠나 레로 가는 중이라 했다. 운전석 바로 앞 창 위에는 예닐곱 살쯤 되어 보이는 어린 남자아이의 사진이 붙어 있었다. 아들이냐고 했더니 자기 아들이 아니라 친구의 아들이라 했다. 귀여웠다. 학교에 다니느냐 물었더니 작년에 죽었다고 했다. 별스럽긴……. 자기 아들도 아니고 친구의 아들 사진을, 그것도 산 사람도 아니고 죽은 사람의 사진을 차창에다 붙이고 다니는 것은 또 무슨 엽기적인 취미란 말인가. 운전사는 자기 가족은 부인과 딸, 그렇게 해서 세 식구인데 잠무에 살고 있다고 했다.

이런저런 잡담을 나누면서 달리는 사이, 마침내 트럭은 사스폴 직전에 있는 알치 마을 입구의 다리 앞에 도착했다. 우리가 내려야 할 지점이다. 감사의 뜻으로 한 사람당 50루피씩 계산하여 100루피를 건넨다는 것이 왠지 약소하다는 생각이 들었다. 아무리 생각해봐도 먼 거리를 편하게 왔는데……. 그래서 호주머니에서 100루피를 더 꺼내어 운전자에게 건네주었다. 우리가 인도 물가의 인플레를 부채질한 것은 아닌지…….

열아홉 살 유부녀

하늘과 땅이 살을 맞대고 있는 라다크는 절박감을 기조로 모든 문제들이 풀린다.

세차게 흘러가는 인더스 강물 소리를 들으며 다리를 건넜다. 바위에 표시해놓은 이정표를 보니 다리에서부터 알치까지 4킬로미터라고 적혀 있었다. 해가 기울며 기온이 점점 떨어졌다. 아내와 나는 각기 한 손에는 침낭을 들고, 등에는 배낭을 짊어지고, 어깨에는 보조가방을 메고 천천히 걸었다. 별로 급경사도 아닌데 숨이 찼다.

나무 한 그루, 풀 한 포기 없는 산에 석양이 비치니 산이 온통 노을 빛으로 붉게 타는 것만 같았다. 나무들이 없어 하늘과 땅이 직접 살을 맞대고 있는 라다크는 절박감을 기조로 하여 모든 문제들이 풀린다. 하늘의 파란색이 절박하고, 그 파란 하늘을 배경으로 하여 바람에 나부끼는 오색 타르쵸 또한 절박하며, 가끔씩 길에서 마주치는 사람들의 미소가 절박하다. 해질녘 밭에서 들려오는 아버지를 부르는 소리, 가끔씩 들려오는 새소리와 마을을 적시며 흘러내리는 유라 물소리 역시 그렇게 절박할 수 없다. 황량한 암산들은 물론, 만년설과 하늘로 오르는 고갯길들이 절박하며, 천애의 벼랑 끝에 자리 잡고 있는 하얀 승원들이 또한 절박하다. 그렇게 모든 것들이 절박하게만 느껴진다.

그래서 그런지 라다크 땅에서 목숨을 영위하고 있는 모든 개체들이 예사롭게 여겨지지 않는다. 생명 그 자체가 하나의 기적 같은 현상으로 소중하기만 하다. 소중함……. 하루하루를 살아가면서 매사에 그 소중함을 느낄 수 있는 자세가 중요할 것 같다. 그동안 우리가 인간으로서의 존엄성마저 포기해가며 이루어놓은 풍요로움과 편리성들이 오히려 우리의 삶을 진부하고도 하찮은 것으로 격하시키고 있진 않은지……. 때로는 절박함과 맞대응하며 살아갈 때 비로소 구각(舊殼)을 벗어버리고 존엄한 새 삶의 활로를 개척할 수 있으리라.

이런저런 상념에 젖어 걷고 있는데 갑자기 발 소리가 가까이 들려 뒤를 돌아보니 처녀 아이 하나가 우리를 앞지르려 한다. 반가운 마음에 "줄레~!" 하고 인사를 건넸다. 그 처녀 역시 만면에 미소를 띤 채 "줄레!" 하며 답례를 하였다. 어디서 왔느냐고 물어 한국에서 왔노라고 했다. 그러자 짐을 들어주겠노라고 한다. 고마웠다. 라다키들의 걸음은 특히 언덕을 오를 때 잠재된 야성이 유감없이 발휘된다. 처녀 아이는 침낭과 보조가방을 메고 우리를 뒤로 따돌린 채 날아오를 듯 언덕을 넘었다.

그는 현재 열아홉 살이며 지난해에 결혼한 유부녀라 한다. 유부녀? 뜻밖이다. 유부녀라고 하니 왠지 그의 어깨선에서 우수 같은 것이 묻어날 것만 같다. 게다가 아이까지 있단다. 집은 알치인데 남편은 현재 돈을 벌러 레에 나가 있고, 자신은 틈틈이 시댁의 농사일을 돕는 한편, 사스폴에 있는 학교(중학 과정)에 다니고 있다 한다.

라다크에서 감사의 선물은 사진이 가장 무난하다. 걷다 말고 그와 함께 노을을 배경으로 사진 한 장을 찍었다. 곧 해가 떨어지려니 풍경이 그의 모습처럼 우수에 젖어 보인다. 이름은 스탄진, 주소도 적어두었으니 나중에 레에 돌아가면 인화해서 보내줘야겠다. 여운을 남길 수 없는 인정은 진정한 인정이 아니다. 비즈니스일 뿐.

어느 만큼을 걷다 보니 쵸르텐군과 거대한 마니월이 있는 지역이 나타났고, 곧이어 숲 속에 아늑하게 자리를 잡고 있는 알치 마을이 눈에 들어왔다. 알치 마을은 마치 사막을 횡단하다 만난 오아시스처럼 푸르러 보였다. 그곳에서 하루를 보낸 후 우리는 버스를 이용하여 숙소가 있는 레의 대청보사로 돌아왔다. 이로써 8월 중순에 시작한 여행이 9월 중순이 되어 모두 끝났다.

Lamayur Village

쉐남 마을로 이사하다

어지러이 구르는 낙엽들이 겨울의 문전에서 모종의 결단을 강요하는 듯했다.

대청보사를 나서려니 마치 동굴 속을 빠져나온 듯, 빛이 몹시 눈부시다. 그와 같은 체험이란 라다크에서는 새삼스러운 일도 아니지만, 아마도 가을이라 더 그런 것 같다. 나뭇잎 사이를 뚫고 내려온 명징한 빛이 보도에 법신(法身)처럼 누워 미소를 짓고 있다.

오래 기다리다 마침내 신은정 씨의 소개로 오늘 레 근교 쉐남 마을에 자리를 잡고 있는 한 조용한 가정집으로 이사하였다. 쉐남 마을 골목길마다 차가운 가을바람과 함께 유라트의 노란 낙엽들이 마구 떨어져 구르고 있다. 어지러이 구르는 낙엽들을 바라보려니 나로 하여금 겨울의 문전에서 모종의 결단을 강요하는 듯했다.

방세는 한 달에 700루피를 내기로 하였고, 필요하면 옆방을 함께 사용해도 좋다는 허락을 받았다. 감격! 고마운 일이 아닐 수 없다. 그 방에서 취사를 한다든가 그림을 그리면 좋을 것이다. 그동안 이곳저곳 돌아다니면서 그림을 그릴 수 있는 자료도 충분히 확보해두었으니 추운 겨울 동안에는 방 안에 꼼짝 않고 들어앉아 화선지를 좀 많이 적셔야겠다.

이처럼 지난 7월에 비해 훨씬 좋은 조건으로 방을 얻을 수 있었던 것은 예상했던 대로 관광 성수기가 지났기 때문이기도 하지만, 그보다는 주인 부부의 계산 없는 마음씨 덕분인 것 같다. 새로운 주인집 식구들에게서는 여름 한철 방을 세 놓아 생활하는 장사꾼 냄새가 전혀 나지 않는다. 그도 그럴 것이 주인 양반은 공직에 근무하다가 지난해에 은퇴한 사람이고, 부인은 중학교 수학교사로 근무하는 선생이기 때문이다.

이로써 우리 부부는 일 년 중 지난 절반은 스톡의 농가에서 생활하였고, 남은 절반은 소위 화이트칼라의 가정에서 생활하게 되었다. 이것이 앞으로 라다크 사람들에 대한 균형 잡힌 시각을 갖는 데 어느 정도나 도움이 되려는지는 모르겠지만…….

라다크의 집들이 다 그렇듯 이 집도 규모가 상당히 커 우리 나라의 웬만한 동사무소 크기를 능가한다. 화장실이나 창고 외에 사용할 수 있는 방이 모두 여덟 칸으로, 세 식구가 이렇게 큰 집에서 살다 보니 빈 방이 많이 남아돌고 있다. 우리는 그 많은 방 중에서 이층에 있는 가운데의 작은 방을 사용하기로 했다. 겨울철 옆방들이 바람막이를 해줄 것이고, 큰 방보다는 작은 방이 난방을 하는 데 효율적이고 경제적이리라는 생각에서다.

집이 매우 맘에 든다. 우리가 이제껏 불편을 겪었던 전기 사정, 식수

사정이 모두 좋다. 다만 한 가지 아쉬운 점이 있다면, 식구가 적다는 것. 이 집 식구는 모두 네 명으로, 아저씨와 아주머니, 아들과 딸이 있다. 아들은 고교 3학년으로 히말라야 너머 펀자브 주에 있는 찬드라에서 유학을 하고 있고, 막내딸은 우리 식으로 말한다면 중학교 3학년이며 레에 있는 사립학교인 람둔스쿨에 다니고 있다. 두 부부 모두 성품이 썩 푸근하고 온유하게 느껴진다. 나로서는 대가족이면 대가족일수록 좋지만, 레를 중심으로 한 근교 마을은 비교적 잘사는 동네이고, 그러다 보니 맞벌이부부나 핵가족이 보편화되어 어찌할 수 없는 노릇이다. 하는 수 없이 100퍼센트 만족에 대한 미련은 접기로 했다. 이삿짐을 방 안에다 정리해놓고 나니 마치 신혼살림을 차린 것 같은 기분이 들었다. 어쩌면 우리가 찾던 샹그리라가 바로 이곳이 아닐까 하는 착각이 들 정도였다.

그나저나 히말라야의 겨울 추위가 어느 정도일지 짐작이 잘 가지 않는다. 진동리의 혹한 정도일까? 아니면 그보다 더 추울까? 기온이 점점 떨어지고 있다. 이제 더 추워지기 전에 난방 기구를 알아봐야겠다. 이곳 사람들이 주로 사용하는 부카리라는 재래식 난로를 사용하기에는 방이 협소하고 소똥이나 나무 같은 연료를 준비하는 데 따르는 어려움도 만만치 않으니, 아무래도 가스히터를 알아봐야겠다.

탈곡하기

레를 중심으로 한 지역은 더 이상 궁핍하고 가난한 라다크가 아니다.

9월 하순으로 접어드니 벌써 들녘은 보리 베기가 다 끝나 허전하기만 하다. 낮잠을 자려고 침대에 누워 있으려니 가까이서 발동기 돌아가는 소리가 요란하게 들려왔다. 잠도 오질 않고 해서 나가보았더니 이웃집에서 보리를 탈곡하고 있었다. 이제껏 라다크에서 보았던 가축을 이용한 탈곡이 아닌 동력기를 이용한 탈곡이어서 흥미로웠다.

시골에서는 모든 농사일을 자가 노동이나 축력을 이용하는 데 비해, 쉐남 마을만 해도 레에서 가까운 도시 근교라 부분적으로는 기계화가 되어 있고, 또 기타 농사일도 자력으로 하기보다는 네팔인이나 캘커타의 서쪽 가난한 비하르 지역 사람들을 고용해 일을 하는 집이 많다. 즉 농사철에는 머슴을 부리는 것이다.

트랙터 콤바인은 멀리 카르길에서 왔다고 하며, 앞으로 한 달간 레 근교에 머물면서 이 집 저 집의 탈곡 일을 맡아 하게 될 거란다. 이쯤

되고 보면 레를 중심으로 한 지역은 더 이상 궁핍하고 가난한 라다크가 아니다.

오늘 동력기와 네팔인을 고용하여 탈곡을 하는 집은 부인이 교사이고 남편은 은행원인 맞벌이 가정이다. 밭두둑에 앉아 주인이 간식으로 내온 과자와 짜이를 함께 먹고 마시면서 이런저런 이야기를 나누었다. 그리고 작업하는 모습을 디지털과 비디오 카메라에 담기도 했다. 대체적인 분위기를 살펴보니 사진을 찍어도 좋을 듯한 분위기였다. 개중에는 사진 찍히는 것을 싫어하는 사람들도 있는데 이는 걸핏하면 카메라를 들이대는 외국 관광객들에 대한 거부감 때문인 것 같다. 하지만 관광 루트를 벗어난 지역에서는 농부들이 사진 찍히는 것을 호사스러워한다. 어쩌면 사진 찍히는 순간에는 큐피트의 화살이 저들의 가슴에 꽂히듯 야릇한 환희 같은 것을 느낄 수 있어 그러는지도 모르겠다.

동네 꼬마 아이들은 아예 "원 포토! 원 포토!" 하면서 사진을 찍어달라고 조른다. 그리고 그 다음에 나오는 말은 "원 초콜릿!"이다. 그러면 나는 "초콜릿 노!" 하면서 웃으며 사라진다. 마치 지난날의 우리 모습을 보는 듯하다. 그리고 어느 지역 아이들이건 외국인을 보면 상투적으로 물어보는 말이 있는데, '어느 나라에서 왔느냐? 이름은 무엇이냐? 어디로 가느냐?'이다. 그러니까 알고 있는 영어 몇 마디를 써먹기 위해 되풀이하여 묻는 질문들인 것이다. 그 외 더 이상의 질문은 없다. 그러면 나는 'From the sky! Name is Rajdhani(인도의 급행열차)! To the sky!' 하고 상투적으로 대답하고 지나간다.

겨울 준비

카르동 라에 먹구름이 지나면서 우울하게 눈을 뿌리고 있다. 여름이 퇴각하면서 며칠 사이에 날씨가 꽤 추워졌다. 어제 오늘 계속해서 감기 기운을 달고 지낸다. 약간의 신열로 새삼 내 육체를 버겁게 의식해본다. 한동안 육신을 잊고 지냈는데……. 이마에 손을 얹어보며, '아! 아직 살아 있구나' 하고 즐거운 생명의 노래를 불러본다.

드디어 난방 문제가 해결되었다. 주위에 마음으로 가까운 친지가 있다는 사실이 이렇게 고마운 줄 라다크에 와 새삼 느껴본다. 집 구하는 문제에 이어 이번에도 역시 신은정 씨의 도움이 컸다. 자기가 알고 있는 '가이'라는 미국인 친구가 있는데 내달 본국으로 들어갔다가 내년 봄에 다시 돌아온다고 하면서 그때까지 그의 가스히터를 사용해도 좋다고 했단다. 고마운 마음에 굳이 사양하는데도 불구하고 사용료 조로 1,500루피를 그에게 전해달라고 했다. 이곳에서 가스히터를 새 것으로 구입하자면 못 주어도 8,000~11,000루피 정도는 줘야 하는 것을 생각하면 이 얼마나 뜻밖의 고마운 일인가. 당장 내일 가스실린더를 구입해 난방을 시작해야겠다.

가만히 보면 이 년 전에 먼저 라다크에 들어온 신은정 씨가 선배 노릇을 톡톡히 하고 있다. 그런데 서운하게도 내일모레면 신은정 씨도 한국으로 떠난다고 한다. 이르면 내년 1월, 늦으면 겨울을 나고 3월쯤에나 돌아올 거라 한다. 그래서 우리는 신은정 씨의 귀국 환송 계획을 세웠다. 우선 메인 바자르에 있는 가장 좋은 고급 식당에서 그가 좋아하는 메뉴로 점심식사를 함께한 후, 그동안 이럴 경우에 사용하려고 소중히 보관해오던 선물용 스카프와 함께 노자에 보태 쓰라고 1,000루피를 주머니에 찔러줄 생각이다. 1,000루피라고 해야 한국 돈으로 환산하면 얼마 되지 않는 액수지만…….

낮에는 아내와 함께 길이가 무릎까지 내려오는 방한복을 사러 세컨드핸드라는 헌옷 가게를 찾았다. 인도산 새 옷보다는 외제 헌옷이 더 튼튼하고 실리적이기 때문이다. 그러지 않아도 지난 3월 델리에서 오리털 점퍼를 새 것으로 구입했는데 한 달이 채 지나지 않아 지퍼가 고장 났고, 6개월이 채 되지 않아 품속의 오리가 털갈이를 하듯 하얀 깃들이 여기저기 옷 밖으로 빠져나오기 시작했다.

그런대로 마음에 드는 긴 재킷을 보았는데, 혹시나 다른 가게에 더 좋은 옷이 있지 않을까 하여 잠시 미뤄두기로 했다. 값은 250루피로 미리

홍정을 해두었다. 하지만 아무래도 내일 바자르에 볼일을 보러 나갈 때 가게에 들러 옷을 사가지고 와야겠다.

그리고 모자는 라다크 산간 지방에 사는 사람들이 즐겨 쓰는 털모자를 구입하였다. 아주 추울 때는 귀를 덮을 수도 있어 편리한 모자다. 모양새가 썩 마음에 들어 지금 성급하게 모자를 눌러 쓰고 앉아 글을 쓰는데, 마치 머리 위에 화로를 올려놓은 것처럼 얼굴이 화끈 달아올라 매우 훈훈하다. 그 외에 털내의와 장갑, 그리고 무릎을 덮을 수 있는 숄 등을 더 사야겠다.

복병

어디서 저렇게 수많은 별들이 나타났을까.

용변을 보고 돌아오면서 올려다본 밤하늘은 정말 장관이었다. 어디서 저렇게 수많은 별들이 나타났을까. 낮 동안 히말라야 너머에 복병처럼 숨어 있다가 일몰과 함께 함성을 지르며 나타난 것 같다.

Stakla Gompa

거지 아이의 키스

아이는 갑자기 허리를 깊숙이 숙여 나의 발등에 키스를 했다.

라다키들은 가난하다. 그래도 걸인들은 없다. 그들의 살림살이에 재화가 남아돌지는 않지만 그렇다고 해서 부족하지도 않기 때문이다. 가끔씩 레의 메인 바자르나 버스 정류장을 지날 때면 구걸을 하는 사람들이 더러 눈에 띄곤 하는데, 그들은 인도 평원에서 히말라야를 넘어 온, 깡마른 체구에 눈이 크고, 콧날이 서고, 까만 구두약을 바른 듯 얼굴에 유난히도 광택이 나는 이주민들이다.

처음에는 그런 걸인들에게 동냥을 주는 행위에 대해 사뭇 철학적인 진지한 성찰을 가지고 접근하려 했다. 그러니까 돈을 줄 때에는 그들과 같은 혈육붙이로서 나눔의 정신을 실천해야 한다는 명분을 가지고, 거절할 때에는 그들에게 자립할 수 있는 모진 마음을 길러주어야 한다는 명분을 가지고서 말이다. 그러나 시간이 흐를수록 그러한 시답지 않은 명분론은 나에게 스트레스만 가중시켰을 뿐 돈을 줘야 할지 말아야 할지, 이렇게

도 저렇게도 내게 뚜렷한 실천 방향을 제시해주지는 못했다. 그러나 이제와 시간이 흐른 후 최종 정리된 나의 적선 철학은 그냥 주고 싶을 땐 주고 주기 싫을 땐 주지 않는 것이라는, 유감스럽지만 고심의 흔적이라곤 전혀 보이지 않는 싱거운 것으로 입장 정리가 되었다. 그러니까 그들이 팔자소관에 따라 거지가 됐으니, 주는 사람도 팔자소관에 따라 적선을 하는 것이 피차간의 관계를 정립하는 데 적절하겠다.

오늘은 전화를 걸려고 메인 바자르의 한 공중전화 가게에 앉아 차례를 기다리고 있는데 밖을 지나던 거지 소녀 아이가 들어와 불쑥 손을 벌리는 것이었다. 그러나 나는 그다지 적선을 할 만한 기분이 내키지 않아 굳은 표정을 지으며 단호한 태도를 보였다. 그랬더니 소녀 아이는 갑자기 두 팔을 땅에다 짚으며 허리를 깊숙이 숙여 신을 신고 있는 나의 발등에다 키스를 하는 것이 아닌가! 순간 나는 말할 수 없이 부끄럽고 황당했다. 나아가 더러운 발등 위로 깨끗한 입술이 부드럽게 눌리는 순간 나의 단호한 거부 의지는 여지없이 꺾이고 말았다.

아무리 동냥이 밑천 없이 맨손으로 거리를 누비는 비즈니스라지만, 성인(聖人)이 아닌 다음에야 세상에 이렇게까지 자신을 땅 끝까지 낮출 수가 있을까. 미안한 마음에 결국 그 거지 아이에게 손을 들고 말았다. 물론 이 자리를 떠나면 녀석은 또 이리저리 아무개들의 발등에다 입술을 찍고 다니겠지만……. 잠시 만감이 교차하면서 심사가 산란해졌다. 나는 두 눈을 다시 한 번 지그시 감고, 지갑에서 가장 깨끗한 10루피짜리 지폐를 골라 소녀의 손에 꼭 쥐어주었다. 아무리 생각해보아도 별스런 하루였다.

라다키들의 난방

라다크의 밤과 낮, 그리고 음지와 양지의 기온 차는 극과 극이다.

11월이다. 11월로 접어들면 아직도 나는 모종의 콤플렉스에 젖어 지내게 된다. 젊은 날 대체로 잘 나가던 연애가 갑자기 동티나 파경에 이른 계절이 주로 찬바람이 불기 시작하는 11월이었기 때문이다. 그래서 생머리를 바람에 날리던 첫사랑의 차가운 기억과 함께 11월에 대한 나의 인상은 그리 좋은 편이 못 된다. 공교롭게도 11월이란 숫자 자체도 어찌보면 비릿한 생머리 모양을 하고 있어 왠지 거리감을 느끼게 한다. 혹시 이 시간 사랑을 나누는 젊은이들이 있다면 부디 11월을 조심하라고 당부하고 싶다. 어쩌면 그대들의 첫사랑은 지금쯤 크리스마스와 연말을 앞두고 마음이 갈대와 같이 흔들리고 있을지도 모를 테니까.

라다크의 11월은 생각보다는 그리 추운 것 같지 않다. 그저 우리 나라 산간 지방의 11월 기온과 별반 차이가 없어 보인다. 해가 진 초저녁의 기온이 섭씨 영도. 물론 밤사이에는 기온이 부쩍 내려가 아침에 일어나 보면 마당의 물통에 얼음이 두껍게 얼어 있지만, 한낮에는 따뜻한 기운이 감돌아 토담 벽 아래 쪼그리고 앉아 해바라기를 하고 있노라면 품속에 고양이가 한 마리 뛰어든 것 같기도 하고, 입 안 가득 남쪽 나라 망고 열매의 즙이 감미롭게 고여오는 것도 같다. 또한 연중 내내 건조한 지역이라 아직 일부 높은 봉우리를 제외하고서는 눈도 내리질 않고 있다. 들려오는 소식에 따르면 한국의 설악산에는 이미 눈발이 날렸다는데…….

이곳 사람들은 사뭇 12, 1, 2월에는 날씨가 상당히 춥다고 내게 엄중 경고를 하고 있지만 아직은 잘 모르겠다. 글쎄, 히말라야의 추위가 어느 정도나 될까? 이 한 몸 다 바쳐 기꺼이 생체 실험에 임할 각오는 되어 있는데……. 레에서 돈깨나 있는 사람들은 추운 겨울 동안 히말라야 너머 따뜻한 델리에 나가 겨울을 나고 돌아온다고도 하고, 라다크에서 가장 깊은 오지 마을인 장스카르에서 돈 좀 있다는 사람들은 그곳보다 기온이 좀 눅은 레에 나와 겨울을 보내고 집으로 돌아간다고도 한다. 그러니 생각건대 라다크의 추위가 장난은 아닌 성싶다.

잠을 잘 때면 침낭 두 개를 포갠 후 그 위에 이불을 한 장 더 덮고 내복 바람으로 들어가 잔다. 잠자리에 들기 전까지는 가스히터로 난방을 하기 때문에 아직 자는 동안 한기 같은 것을 느끼진 않고 있다.

라다키들의 생활 속에는 본디 난방이라는 개념이 따로 없다. 다만 주방에 화덕이 있어 그 화덕을 이용하여 조리를 하는 동안에는 열기가 발생해 미미하게나마 덤으로 난방이 이루어진다. 물론 집 안 전체 난방이 아니라 오로지 부엌에 한해서만 그렇다. 그래서 추운 겨울철에는 모든 식구들이 온기가 남아 있는 부엌에 모여들어 텔레비전을 시청한다거나 이야기를 나누며 시간을 보내다가 저녁식사를 마치면 각자 자신들의 방으로 뿔뿔이 흩어져 잠자리에 들곤 한다. 그 끔찍한 냉방으로 돌아가 잠을 자는 것이다. 저녁식사 시간은 대략 밤 9시 전후로, 우리의 경우 그 시간에 저녁식사를 마치고 바로 잠자리에 들면 소화를 시키기 어려워 밤잠을 설치게 마련일 텐데, 노인네를 포함한 라다키들은 전혀 불편하지 않은가 보다. 어쩌면 위 속의 음식물을 소화시키느라 장의 활동이 활발해져 잠자는 동안 체온이 올라갈지도 모를 일이다. 결국 이와 같은 생활은 몸에 밴 근검절약의 생활 철학으로부터 비롯됐다기보다는 자원이 빈약한 환경이 가져다 준 자연스런 결과라 할 것이다. 그들인들 어찌 풍요롭고 따뜻한 겨울을 마다하겠는가.

화덕에 필요한 연료는 당연히 가축 분뇨나 주변 나뭇가지들을 가지치기한 것이 된다. 하지만 레 주변의 농사를 짓지 않는 집에서는 그런 것들을 구하기가 쉽지 않아 대체로 석유로 난방을 한다거나 요즘 들어서는 가스히터로 난방을 하는 집들이 늘어나고 있다. 주인집도 이번에 6,500루피를 들여 보기에도 산뜻한 노란색 가스히터를 주방에다 들여놓았다. 안주인의 월급이 8,500루피인 것을 감안한다면 결코 만만한 액수가 아니다.

저녁 시간에는 주로 온기가 있는 주방에 모여 시간을 보내는 데 비해 낮 시간에는 이층의 남향으로 창을 낸 방에서 시간들을 보낸다. 햇빛이 드는 낮 시간이면 온실처럼 상당히 따뜻하기 때문이다. 하지만 벽면의

두 면이 유리창으로 이루어져 있어 해가 지기만 하면 외풍이 심한 차디
찬 냉골로 변한다. 그처럼 라다크의 밤과 낮, 그리고 음지와 양지의 기온
차는 극과 극이다. 우스갯소리로 낮 시간에 빛을 받는 한쪽 볼은 화상을
입기 쉽고, 그늘지는 한쪽 볼은 동상을 입기가 쉽다고 할 정도로…….

수염

이래저래 수염 기른 사람들은 자칫 왕따당하기 쉬운 존재다.

이제는 더 이상 수염이 자라지 않으려는가 보다. 러닝셔츠의 목 파인 선까지 내려오고는 더 이상 자랄 낌새를 보이지 않는다. 기왕에 얼굴 팔린 진동리를 떠나 히말라야 산속까지 들어왔으니 수염이란 것이 도대체 어느 정도까지 자랄 수 있는 물건인지 알아보기 위해 이제껏 일 년 가까이 손을 대지 않은 채로 내버려두고 있는 중인데 아쉽다.

일반인의 수염이라는 것은, 물론 연예인의 수염과는 차별화되어야겠지만, 단정한 조발과 함께 수염을 깎고 타이트한 양복을 입고 넥타이를 매고 투쟁적으로 생활하는 정형화된 인간 그룹으로부터 벗어나, '한 평생 고해와도 같은 이 세상을 자연 친화적이며 평화적인 방법으로 흔들림 없이 살아가겠습니다'라고 종신서원(終身誓願)한 자의 신상 아이콘과도 같은 것이다. 그러니까 상명하달식의 조직 사회의 일원이 아님을 무언으로 웅변해 보이는 것이며, 나아가 '나는 전의(戰意)를 날카롭게 세

운 조폭처럼 그 어떠한 배경이 될 만한 막강한 보스나 동료, 부하들을 거느리고 있지 않은 고립무원의 사람이오니 모쪼록 너그럽게 봐주시오'라는 일종의 양해 의사의 표시이기도 하다.

그리고 그들은 선한 사람들이다. 내가 봐도 최소한 수염 기른 사람 치고 인간성 나쁜 사람은 없는 것 같다. 믿을 만한 뒷조직이 없으니 어느 기관으로부터 완장이라도 얻어 찬 사람처럼 큰 소리를 치며 행세할 수도 없다.

그런데 한번은 초등학교 동창 모임에 나갔을 때, 기억에도 없는 한 녀석이 불쑥 내 앞에 나타나 나이 여든도 안 된 젊은 사람이 수염을 길렀다고 은근히 눈총을 주는가 하면, 책망을 하기도 하여 심기가 몹시 불편했던 적이 있다. 이놈 봐라, 내가 수염을 기르는 데 얼마간의 비료라도 보태준 적 있나. 저가 뭔데 남의 수염을 가지고 가타부타 말이 많단 말인가. 그렇다고 해서 내가 수염 자랑을 한 것도 아닌데 말이다. 솔직한 얘기로 나의 수염은 숱이 적어 염소수염에 가까운 것일지언정, 결코 자랑할 만한 것이 못 됨을 밝혀둔다. 그때 '이 사람아, 수염 좀 기르면 어때!' 하고 곧바로 말을 받았으면 아마도 썰렁한 분위기로 보아 곧 싸움이라도 났을 것이다.

아무튼 씁쓸했던 그날의 일로 미루어보아 이래저래 수염 기른 사람들은 자칫 왕따당하기 쉬운 존재라는 것을 알았으며, 수염 기른 사람이 뭔가 행동을 취하면 같은 일이라도 의도와는 달리 주위에 부질없는 쇼맨십 또는 오버액션으로 비쳐질 공산도 크다는 사실을 알았다. 그러니 사람들이 많이 모여 있는 곳이라면 가급적 수염 기른 얼굴들은 내밀지 않는 것이 좋겠다고 생각했다. 하지만 내가 신용을 걸고 담보하지만 우중충한 선입견과는 달리 수염 기른 사람과 더듬더듬 말을 주고받기 시작할 때, 이미 당신은 푸르른 비무장지대에 발을 디딘 것이나 다름없으며, 나아가 천사의 날개를 얻은 것과 다름없다 할 것이다.

데조트가 궁금해!

화장실이란 평범한 진리를 절박하고도 명쾌하게 깨우쳐주는 신성한 도량 같은 곳이다.

후련한 박탈감을 느끼며 화장실 문을 나설 때 우리는 곤고한 일상으로부터 해방된다. 그리고 몸과 마음이 새롭게 태어난다. 화장실 문을 나설 때의 햇살은 이미 조금 전 난마처럼 엉켜 고단하게만 보이던 그런 햇살이 아니다. 어쩌면 뉴밀레니엄보다 더 강한 기대감에 설레게 하는 희망의 햇살이다. 이쯤 되고 보면 화장실이란 '옛것을 떨쳐버리고 새로운 것을 받아들여 순환을 멈추지 않는 것이 삶이다'라는 평범한 진리를 매우 절박하고도 명쾌한 방법으로 깨우쳐주는 신성한 도량과도 같은 곳이 아닐까. 나아가 화장실에 체류하는 동안 운이 좋으면 그동안 지지부진하여 풀리지 않던 난제들이 발상의 전환(?)으로 말미암아 마침내 매듭을 짓게도 된다.

레를 중심으로 하여 수세식 화장실을 사용하는 일부 부유층 가정을 제외하고 라다키들은 거의 다 데조트라고 불리는 재래식 화장실을 사용한다. 화장실이 본채와 같은 건물에 딸려 있는 경우가 있는가 하면 본채와는 저만치 떨어져 독립채로 만들어진 경우도 있다. 모두 이층 구조로 되어 있는데, 아래층은 배설물을 받아 저장하는 곳으로 농사철이 되면 그동안 무져 있던 배설물을 밭으로 내어 농작물의 밑거름으로 아낌없이 활용하게 된다.

이러한 농사법을 일러 라다키들의 지혜라고 찬탄하는 어느 서양인도 있으나 굳이 먼 나라로 눈을 돌릴 것도 없이 저희들의 과거를 조금만 소급해 올라가도 그런 농사법을 택하였을 것을 생각한다면 다소 호들갑스럽게 느껴진다. 위층에는 바닥 한가운데에 장방형의 작은 구멍이 나 있고 바닥 한 켠에는 재나 밭 흙이 무져 있으며, 벽에는 삽 한 자루가 기대어 있다. 그러니까 용변을 보고 난 후 삽으로 흙을 떠서 밑으로 떨어뜨리라는 얘기다.

집집마다 화장실의 구조가 조금씩은 달라 용변구가 넓은 화장실이 있는가 하면 좁은 경우도 있고, 때로는 용변구가 두 개인 경우도 있다. 용변구가 적절히 좁을 경우에는 그 위에 발을 벌려 편한 자세를 취하여 앉으면 되는데, 용변구가 도깨비라도 나올 만큼 터무니없이 클 경우엔 하는 수 없이 변소 바닥 한쪽에 변을 본 후 삽으로 떠서 밑으로 떨어뜨려야 한다. 그리고 한 화장실에 용변구가 두 개인 경우도 있는데 아마도 다급할 때 두 사람이 동시에 사용하라는 것일 게다. 삼대, 사대가 함께 뒤엉켜 우왕좌왕 살아가야 할 경우엔 필수적인 시설이 아닐까 싶다. 배설물은 흙과 섞여 자연 분해가 되어 그런지 화장실에 오랫동안 앉아 있

어도 재래식 화장실에서의 난적(亂賊)인 수줍은 향기는 거의 느껴지지
않는다.

　우리 나라에도 예전엔 그와 비슷한 재래식 화장실이 있었다. 하지만
근래에 와선 애꿎게도 재래식 화장실이 환경오염의 공범으로 지목되고
있어 공식적으로는 허가가 나지 않는 실정이다. 다만 데조트와 다른 점
이 있다면 우리의 화장실은 단층이어서 용변을 본 후 아래로 떨어뜨리
는 것이 아니라 삽을 이용하여 뒤로 밀어젖히는 식이었다. 어렸을 적 농
사를 짓는 친구네 집에 놀러 가보면 한쪽 켠에 재가 놓여 있어 변을 본
후 재와 함께 삽으로 밀어 뒷켠에 모아두었던 기억이 난다. 그리고 우리
나라에서도 라다크와 마찬가지로 그것을 농사철에 거름으로 활용했음
은 물론이다.

　그런데 라다크의 화장실을 이용하면서 못내 풀리지 않는 궁금증이 한
가지 있다. 다름 아니라 화장실에 화장지가 없다는 것이다. 화장지가 걸
려 있지도 않을 뿐만 아니라 아래쪽에 버려져 있지도 않다. 물론 꼭 화장
실용 두루마리 화장지를 염두에 두고 하는 이야기는 아니다. 용변 처리
를 위한 그 어떠한 재질의 종이 조각도 눈에 띄지 않는 것이다. 화장실에
화장지가 없다니, 그 다음에 오는 궁금증이란 빤하지 않은가. 그렇다고
해서 인도 사람들처럼 물컵을 들고 들어가 물로 뒤처리를 한 흔적도 발
견할 수 없다. 그렇다면 도대체 어떻게……? 귀신이 곡할 노릇이다. 예
전 우리 나라 농촌의 경우엔 그래도 신문지나 공책 같은 것이 있어 때가
임박해선 부지런히 구겨 뒤를 처리하곤 했는데……. 물론 그 이전 신문

지나 공책마저 없었을 당시에는 어떻게 했는지 유감스럽게도 해방 후 세대인 나로서는 알 도리가 없지만 말이다.

어쨌든 라다키들이 용변을 보고 난 뒤의 사후 처리에 대해선 아직 수수께끼다. 그렇다고 해서 데조트에서 엄숙히 일을 보고 나온 사람을 붙들고 부끄러움이 채 가시기도 전에 물어볼 수도 없는 노릇이고. 장스카르 트레킹 때 그곳에서 지내는 김대영 씨와 무슨 말을 나누다가 우리가 엄연한 인격체임을 망각하고 이런 너절한 이야기에까지 이르게 되었는지는 기억이 분명치 않으나, 김대영 씨 자신도 그 점이 매우 궁금했다고 한다. 그러면서 오랜 시간 동안 관심을 가지고 궁구해본 결과, 아무래도 그들은 뒤를 닦지 않는 것 같다고 했다. 그의 말대로라면 용변을 본 후 뒤처리도 하지 않은 채 그대로 일어나 옷을 입는다는 얘긴데, 그렇다면 혹 설사라도 한 날이면 또 어떻게 되는 걸까. 아무튼 이모저모 의문점들은 꼬이기만 하고 풀리질 않는다. 아아, 이제 화장실 얘기는 그만!

졸작 파쇄

미진한 그림들은 미련 없이 버려야 한다.

달력을 보니 오늘이 12월 7일, 인천행 비행기 탑승 예정일이 3월 8일이니 라다크 생활도 이제 불과 석 달밖에 남질 않았다. 아직 한 계절이나 남아 있어 성급히 이곳 생활을 마무리할 단계는 아니나, 돌이켜보면 화력 30년 만에 처음으로 화가로서의 만족할 만한 삶을 산 것 같다. 우선 그동안 그린 작품 수만을 놓고 보더라도 한국에서는 한 달에 평균 한 점 꼴로 그린 반면, 이곳에서는 불과 아홉 달 만에 177점이나 그려냈으니 한국에서와 비교한다면 그야말로 눈부신 활동이라 하겠다. 한 달에 19점 가량을 그린 셈이다. 내 스스로 생각해봐도 대견하고 가슴 뿌듯한 일이 아닐 수 없다.

하지만 그림 그리는 환경이 달라졌다고 해서 지향하는 세계까지 바뀌지는 않았다. 다만 작품 소재가 한국적인 것에서 곰파가 보이는 풍경, 축제 때의 탈춤과 같이 라다크적인 것으로 바뀌었다는 것과, 전에 비하여 불필요한 운필이 적어졌고 필획이 좀 더 활달해졌다는 정도이다. 되풀이되는 이야기지만 나의 그림엔 그림을 그려야만 하는 어떤 화려한 사변적 당위성 같은 것은 없다. 다만 생명력이 폭발하여 화면 가득 활기만을 자연스럽게 토해낼 뿐이다. 하지만 근래 들어 스스로를 사상가인 양 착각하는 화가들이 부쩍 늘어나, 한번 그림을 감상하려면 그들로부터 일장 연설을 듣고 난 후라야만 그런가 보다 하고 감상에 임할 수 있게 되었으니 세상사 참으로 알다가도 모를 일이다.

오늘 1차로 쓸 만한 작품들을 가려보았다. 그동안 트렁크 속에 모아두었던 모든 작품들을 꺼내어 한 점, 한 점 정밀 감상을 해가며 옥석을 가렸다. 그 결과 36점만이 쓸 만한 것으로 판정되었고, 나머지 141점은 모두 덧없는 붓질에 불과하여 파쇄해버렸다. 절반에도 미치지 못하는 36점만을 남겨놓고 보니 한편으로는 홀가분하면서도 알 수 없는 스산한 바람이 불었다.

미진한 그림들은 미련 없이 버려야 한다. 시간이 흐르고 나면 나뿐만 아니라 감상자들의 눈에서도 역시 벗어나기 때문이다. 더욱이 나 자신이 겸직 화가가 아닌 전업 화가이다 보니 감상자라든가 수요자들의 눈을 의식하지 않을 수 없다. 겸직 화가처럼 때로는 스스로의 만족만을 위하여 그림을 그릴 수는 없는 노릇이며, 더군다나 삿된 부분을 자신이 걸치고 있는 사회적 직분으로 감상자의 눈을 가릴 수도 없는 일이다. 진정 수요자로부터 받게 될 사랑을 생각한다면 결코 그렇게 할 수 없을 것이다. 전업 화가에게 있어 그림 그리기란 생업이며, 그림을 팔아가며 자신의 존재를 저울질할 때 비로소 그림이 천기(天機)를 품은 야생화처럼 영묘(靈妙)하면서도 싱싱하게 피어나리란 믿음이다.

참고로 어느 화가가 경직된 규범이나 법도로 짜여진 조직 생활을 좋아하랴마는 나 역시 융통성 없는 삶을 혐오한다. 때로는 일부 화가의 경우 국록에 기대어 사는 자체를 어떤 요지부동의 권위를 얻은 것쯤으로 알고 마치 옛날 화원의 수장인 대조(待詔)처럼 세도하려 드는 자도 있지만, 정형화된 틀 속에서 운신을 해야만 하는 그들이 어찌 틀 밖에서 벌어지는 천지의 기미(幾微)를 알 수나 있으랴.

안정된 생활이 보장되어 있는 경우와 외풍에 노출되어 흔들리는 삶의 경우, 그들이 만들어내는 작품의 숙성 과정 자체는 엄연히 다른 것이며 나아가 발하는 향 자체도 다르다 하지 않을 수 없다. 자고로 한 떨기 그림이라는 꽃은 필시 부평초 같은 화장(畵匠)의 눈물과, 피와, 땀과, 쓸쓸함과, 방황과도 같은 다양한 성분을 밑거름으로 하여 피어나는 것이다.

라다크 생활 아홉 달째, 오늘 내 삶의 뒤안길에 드리워진 깊은 회한을 거두어줄 그림 한 점을 얻기 위해 졸작 141점을 파쇄하였다. 창밖으로는 눈보라가 히말라야를 처연히 지나고 있다.

차를 마시며

짜이는 달짝지근하면서도 수더분하고 텁텁한가 하면 데데하게 느껴진다.

히말라야가 어둠 속으로 그 모습을 장엄하게 침몰시키고 있다. 인근의 곰파로부터 '부우~!' 하고 저녁 예불을 알리는 둔중한 뚱(티베트의 나팔) 소리가 쉐남 골짜기에 나직이 울려퍼지면 초목과 당나귀를 포함한 모든 축생들은 고개 숙여 천지신명께 기쁨으로 충만했던 오늘 하루의 조화에 감사를 드린다.

하나 둘 저녁 하늘에 별들이 나타나고 마을에 불빛이 들어오는 어스름한 시간에, 전에 살던 스톡 마을의 앙모 할아버지가 채소류를 가득 챙겨 가지고 오셨다. 양배추, 보리쌀, 당근, 융마(둥근 무), 그리고 뒤뜰에서 수확한 사과 세 알……. 너무나 반갑고도 고마웠다. 할아버지는 진작 들른다고 한 것이 차일피일 미루다 근처 친척집에 볼일이 있어 오는 길에 들렀노라고 하신다. 약주를 좋아하는 할아버지답게 오늘도 창(막걸리 같은 라다크의 전통주)을 드셨는지 얼굴이 불콰해 보인다. 그러지 않아도

채소류가 절대 부족한 겨울철을 대비해 아내가 시장에 나가 채소류를 사다가 말리는 등 월동 준비에 한창인 중인데 채소를 가지고 오셨으니 여간 고마운 일이 아닐 수 없다. 이제 보리차도 다시 끓여 마셔야겠다.

라다키의 집에 놀러 가면 예외 없이 듣는 소리가 있다. "쏠자 돈레." '차 드세요'라는 말인데, 생수를 들지 않는 그들은 수시로 차를 마셔 몸에 필요한 수분을 섭취한다. 그들이 즐겨 마시는 차에는 우선 인도 평원에서 들어온 짜이가 있고, 카슈미르 지방에서 들어온 가와차, 고산 지대의 라다크와 티베트 사람들이 전통적으로 즐겨 마시는 구르구르차를 들 수 있다. 그런데 신기하게도 많은 나라의 사람들이 즐겨 마시는 커피를 이곳 사람들은 거의 마시지 않는다.

짜이는 밀크에 홍차를 불려 색깔이 마치 여름철 인더스나 갠지스 강물처럼 옅은 황톳빛을 띠는데, 그 맛이 달짝지근하면서도 수더분하고 텁텁한가 하면 데데하게 느껴지는 그 무엇이 있다. 그리고 가와차는 녹차 잎사귀와 계피를 함께 끓여내어 맛보다는 냄새가 상당히 향기로운 차로, 색은 맑은 암갈색을 띠고 있다.

한편 특이한 이름의 구르구르차는 기다란 원통형 나무 용기에 녹차 달인 물을 부은 다음, 소금과 버터를 추가로 넣고 막대를 저을 때 나는 '꾸룩꾸룩' 하는 소리를 따서 이름을 붙인 차로, 일명 버터차라고도 한다. 사실상 라다키들이 주로 음용하는 이 구르구르차는 버터와 소금이 주원료여서 그들의 고질병인 심장과 순환기 계통의 질환을 일으키게 하는 주원인이라는 얘기가 있다. 하지만 라다키들은 그 사실을 잘 알면서도 오래도록 전해 내려온 관습이라 어쩔 수 없단다. 구수하면서도 찝찔한 뒷맛이 땀을 많이 필요로 하는 노동 후의 갈증을 시원하게 풀어주기 때문이다.

그리고 라다키들은 차를 한 잔으로 끝내는 것이 아니라 앉은 자리에서 이야기를 나누어가며 천천히 여러 잔을 계속해서 비우는데, 손님이 찻잔을 손바닥으로 덮으며 완강한 거절 의사를 보이지 않는 한 주인은 계속해서 친절하게 차를 따라준다. 그것이 이곳의 차 예절이다. 그리고 잔도 찰랑찰랑 넘칠 듯 가득 채워준다. 따라서 잔을 받을 때 "짜픽, 짜픽" 하며 조금만 따라달라는 특별 주문을 할 필요가 있다.

라다크에 와 이곳의 차 몇 가지를 맛보았으나 나는 역시, 어린 날 보리밭을 지날 때 천상의 소리처럼 하늘 높은 곳으로부터 종달새 소리가 부시도록 들려오던 보리차가 입맛에 가장 맞는 것 같다. 온돌 장판에 앉아 보리차를 마실 때면 몸이 훈훈하게 데워질 뿐만 아니라, 닭장의 암탉이 알 품는 소리가 시나브로 들려올 것도 같고, 급기야는 한국의 목가적인 풍경이 아련히 떠올라 좋다. 그렇게 그곳 5월의 푸르고 결 고운 바람소리가 가슴속 깊이 내달아오는 것이다.

사춘기

내게 있어 사춘기란 나와 가장 가까웠던 어머니에 대한 부정이었다.

눈으로 뒤덮인 히말라야의 능선을 바라보며 보리밭 길을 걷노라니 마음은 온통 마을이 초가 지붕으로 물결을 이루던 1960년대 초반 철원의 지포리로 돌아간 느낌이다. 12월이지만 당시에도 보리밭 길은 쉐남 마을에서처럼 태아와 같이 등을 구부려 눕고 싶을 정도로 빛이 포근하고 따사로웠다. 그 어린 시절을 일깨우듯, 저만치 롭장, 파드마, 앙모 등 곤체이를 입은 동네 꼬마들이 깔깔거리며 줄지어 보리밭 둔덕으로 사라진다.

내가 다니던 갈말중학교는 전교생이 채 250명도 되지 않는 조그만 남녀공학이었다. 그 당시 나는 한창 이성에 대한 알 수 없는 기대 심리에 부풀어 있던 사춘기여서, 교내에서 얼굴이 좀 반반하다 싶은 여학생은 죄다 돌아가며 마음속에 찍어두곤 했다. 그렇다고 찍어둔 다음 딱히 뭐 어떻게 하자던 것은 아니었다. 다만 행운이 굴러들어 마음을 나눌 수 있

는 사이가 된다면 서로의 이야기를 적은 쪽지를 주고받는다거나, 학교
에 가지 않는 날엔 마을 밖을 돌아 흐르는 개울가 어느 호젓한 곳에서 만
나 우정과 예술과 인생(?)에 대한 이야기를 나눈다거나, 아니면 함께 풀
잎을 따 모으고, 흐르는 물에 하얀 조약돌이나 실컷 던지다 돌아오면 참
좋겠다는 것 정도였다.

한번은 그렇게 많은 여자아이들의 이름을 한꺼번에 마음속 깊숙이 꼭
꼭 숨겨두고 지내다가 문득 과부하가 걸려 표정 관리를 못 하는 바람에
친구들에게 들통이 나 크게 곤욕을 치른 적도 있다. 당연히 그에 따르는
응분의 형벌은 동네 아이들의 출입이 빈번한 곳이나 학교 화장실 벽면
에 대자보의 형태로 나타나, 학교를 자퇴해버리든지 아니면 어디 쥐구
멍이라도 있다면 숨어버리고 싶은 심정이었다. 대자보가 그렇게 무서운
것인 줄을 그때 처음 알았다.

이제 세월도 많이 흘렀다. 내게 있어 사춘기란 나와 가장 가까웠던 어
머니에 대한 부정이었으며 그 대안으로서의 모성을 찾아 끝없이 찾아
헤매던 방황 같은 것이었다. 하지만 되돌아보면 참으로 물보라처럼 아
름답던 지난날들이다.

사랑이란

사랑이란 넘치는 물이 낮은 곳을 향하여 아낌없이 흐르는 듯한 자연 현상과도 같은 것.

겨울이 깊어갈수록 이웃집에서 날아오는 짜를 태우는 냄새가 코끝을 알싸하게 자극한다. 어찌 보면 붕어빵 태우는 냄새 같기도 하고, 어찌 보면 연탄가스처럼 뇌신경을 불안케 하기도 하는 독특한 냄새인데, 짜 냄새도 다량으로 흡입하면 의식을 잃을 수 있단다. 김영숙 씨의 경우 지난 겨울 주인집 부카리에서 태운 짜 냄새가 문틈으로 흘러들어 연탄가스 중독 정도의 수준으로 몹시 고생을 했다고 한다.

시장에나 다녀올 생각으로 아내를 찾으니 눈에 띄질 않았다. 요즘처럼 장거리 여행의 기회가 없어 무료한 날엔 사람들이 많이 붐비는 레의 장터를 거닐면 생활이 즐거워지곤 한다. 오가는 라다키의 무리 속에 휩쓸려 이리 기웃 저리 기웃 진귀한 물건들을 두루 살피며 시간을 보내다 보면 마음이 푸근해지며 겨드랑이 어디쯤에선가 게으르기만 한 행복이 잠에서 깨어날 것 같다. 특히 겨울날의 인더스 강물 빛을 닮은 좌판 위의 푸른 터키옥을 살핀다거나 전파사에서 흘러나오는 애절한 음색의 라다크 노랫소리를 듣고 있노라면 사람의 성정이 얼마나 깨끗하게 맑아지는지 모른다.

헌데 아내는 옥상에도 없고, 주인집 방에도 없었다. 혹시나 하여 대문 밖을 찾아나서려니 집 앞을 돌아 흘러내리는 인근 유라에서 앙모 엄마와 함께 빨래를 하고 있었다. 두 사람은 내가 곁에 있는 줄도 모르고 신나게 웃어가며 무언가 재미있게 이야기를 나누고 있었다. 모르긴 해도 언어 소통에 불편함이 있을 테지만, 이미 세간에 정평이 나 있듯 불가해성에 가까운 여자들의 수다는 국경도 언어의 장벽도 썩 문제가 되지는 않는 성싶었다. 가만히 들어보려니 아내와 앙모 엄마는 라다크어와 영어와 한국말을 두루 섞어가며 유창하게(?) 이야기를 나누고 있었다. 변함없는 공용어라곤 '호호호' 하는 웃음소리뿐이지만…….

빨래를 마친 아내와 함께 방으로 돌아왔다. 그런데 아내는 전과 달리 빨래 담은 그릇을 내려놓자마자 두 손을 무릎 사이에 찔러넣고선 손이 시리다고 울상을 지었다. 아닌 게 아니라 아내의 두 손을 살펴보니 빨갛게 얼어 있었다. 보기에도 딱해 이 추운 날씨에 왜 고무장갑도 끼지 않고 맨손으로 빨래를 했느냐니까, 앙모 엄마가 자신의 고무장갑 낀 손을 너무나 부러워하기에 빨래를 하다 말고 벗어주었다는 것이다. 라다크 여자들은 그릇이나 수세미 등 각종 한국산 주방용품을 좋아하는데, 그중에서도 이곳에서는 매우 귀한 주방용 고무장갑을 특히 좋아한다. 그래서 지난 봄 스톡 마을에서 지낼 때는 한국에서 부쳐 온 고무장갑을 마을 사람들에게 두루 선물하기도 했다.

　비록 넉넉지 않은 살림살이지만 때로는 가진 것을 남에게 아낌없이 내어줄 줄 아는 아내의 그런 모습이 나는 참 좋다. 오늘뿐만 아니라 지난 가을 다하누 마을에 갔을 때도 민박집 주인 아주머니에게 자신이 지니고 있던 화장품을 모두 내어주기도 했으니……. 돌아보면 동반자가 되기에는 여러모로 부족하기만 한 나에게 자신의 마음을 아낌없이 내어준 아내의 그런 모습이 좋아 나는 그와 결혼을 했다. 아마도 사랑이란 넘치는 물이 낮은 곳을 향하여 아낌없이 흐르는 듯한 자연 현상과도 같은 것인가 보다.

첫 감기 환자

주인집 앙모 엄마가 감기에 걸려 자리에 누웠다. 라다키 체면이 말이 아니다.

12월도 하순으로 접어든 요즘, 한낮에는 따뜻하다가도 해가 진 뒤에는 기온이 내려가 제법 추위를 느낀다. 그렇다고 해야 진동리보다 더 추운 줄은 잘 모르겠지만……. 날씨가 대단히 추우리라 예상했던 것과 달리 푸근하기만 하다 보니 집사람에게 "무슨 히말라야의 겨울 날씨가 이렇게 따뜻하누?" 하고 매일같이 실망스런 불평을 털어놓게 된다. 요즘 라다크의 한낮 그늘 속의 기온은 영상 2도 정도인 데 비하여 양지쪽의 기온은 25도, 실내 기온은 16도, 직사광선의 온도는 수은주가 부쩍 올라가 무려 32도씩이나 가리킨다. 이렇게 낮 기온이 따뜻한 것은 아마도 라다크 평원이 높은 히말라야의 준령에 둘러싸인 분지라 그런 것이 아닌가 싶다. 즉 이 일대가 우묵하게 파인 세숫대야와도 같아 바람이 불지를 않는 데다 대기가 청명하여 여과되지 않은 따가운 햇살이 분지 속에 가득 고이기 때문인 것 같다.

　그래서 이곳 사람들 대부분은 아침식사 후에는 모두들 집 밖으로 몰려나와 빛이 가장 잘 드는 뒤뜰 양지쪽에 자리를 잡고 앉아 실을 잣는다거나 빨래와 기타 집안일을 한다. 그리고 지난 15일 겨울방학을 맞은 학생들도 추운 실내에서보다는 밖으로 나와 책을 펴놓고 방학 숙제를 한다. 그러나 밤사이의 기온은 뚝 떨어져 영하 7~8도 정도가 된다.

　마침내 이 집 안에 올 겨울 들어 처음으로 감기 환자가 발생하였다. 하지만 그 주인공은 우리 한국인이 아니라 뜻밖에도 히말라야 토박이인 라다키다. 주인집 앙모 엄마가 감기에 걸려 자리에 누운 것이다. 라다키 체면이 말이 아니다. 본인의 해명에 따르면 앙모가 공부하는 것을 지켜보려고 주방의 따뜻한 가스히터 앞에 오랫동안 앉아 있다가 바깥의 찬 바람을 쐬는 바람에 감기에 걸렸노라고 한다. 아내가 즉각 한국에서 가지고 온 감기약이 있어 권했지만, 앙모 엄마는 한사코 사양을 하면서 지난 여름 달라이 라마가 라다크에 왔을 때 많은 사람들에게 나누어준 약이 있는데 그것을 복용하겠노라고 하더란다. 글쎄, 그 여름날 많은 사람에게 나누어준 약이 딱히 감기에 걸렸을 때 쓰라고 준 약은 아닐 성싶은데…… 일종의 주술성이 잠복해 있는 만병통치약 같은 것은 아닐지…… 이처럼 달라이 라마에 대한 이곳 사람들의 사랑과 믿음은 거의 절대적이다.

　그나저나 라다키들의 교육열은 한국 못지않은 것 같다. 앙모는 지금 10학년으로 머지않아 대학에 갈 준비도 해야 하는데, 그러자면 공부를 밤 12시까지는 해야 한다. 하지만 그렇다고 혼자 가스히터가 있는 주방에 남아 공부를 하려니 무서워 엄마가 항상 곁에 있어준다는 것이다. 그러한 모습이 밤잠도 제대로 못 자며 수험생 자녀와 함께 늦은 시간까지 앉아 있어야 하는 우리 나라 부모들의 모습을 보는 듯하여 여간 흥미롭지가 않다. 그런가 하면 아버지 남걀은 현재 히말라야 너머 펀자브 주의 수도인 찬디가르에서 유학하고 있는 장남 롭장의 뒷바라지를 위해 집을 떠나 있는 상태다. 그 아들은 방학인데도 불구하고 집에 오지 않고 찬디가르에 남아 과외 교습을 받는 등 내년 봄에 있을 대입 준비를 하고 있으니, 이제 보지 않아도 앞날을 훤히 점칠 수 있을 것 같다. 머지않아 라다크에도 과열된 자녀 교육열이 가정과 사회를 소모적인 탈진 상태로까지 몰고 가게 되리라는 것을……

또한 이렇게 교육열이 높다 보니 그에 따르는 교육비도 가계에 상당한 부담이 되고 있는데, 이 집의 경우만 보더라도 과외비를 포함하여 두 자녀에 대한 교육비가 생활비에서 차지하는 비중이 70퍼센트 이상은 족히 되리라 한다. 물론 라다크가 개방되기 이전에는 상상도 할 수 없는 일이었다. 개방 전 라다크 사회에서 재화라는 것은 늘지도 줄지도 않는 고정적인 것이었다. 재화라고 해야 물려받은 땅에서 생산되는 농산물이 거의 전부였기 때문이다. 그러한 재화를 기존의 질서에 따라 나누어 가지면 그뿐이었다. 그러나 외부 세계와의 접촉이 자유로워진 오늘날에는 히말라야 너머 널려 있는 재화나 그로부터 쏟아져 들어오는 유무형의 재화를 획득할 수 있는 가능성이 증대되었고, 또한 세상이 다변화되어 그러한 기회를 남보다 먼저 많이 차지하기 위해선 교육을 통한 역량이 배양되어야 한다는 것을 깨닫게 되었다. 그리하여 개방 후 격변기를 맞아 라다크에서의 교육열이 점차 과열화되고 있는 것이다.

그러다 보니 자연히 교육의 질에 대한 관심도 높아져 종전에는 정부에서 운영하는 학교만 있었는데 요즘엔 사립학교도 몇 곳 생겨났다. 또 공립학교보다는 사립학교에서의 교육의 질이 더 높기에 돈 있는 집 아이들은 일찌감치 사립학교에 입학하거나 공립학교에 다니다가도 형편이 풀리면 사립학교로 전학을 가는 사례들이 많아졌다. 나아가 좀 더 부유한 가정에서는 자녀가 10학년쯤 되면 멀리 델리나 잠무, 또는 찬디가르로 유학을 보내는 경우도 늘어났다. 이렇듯 라다키들은 교육에 대한 관심이 높아, 카르동 라를 넘어 열 시간 정도는 더 들어가야 닿을 수 있는 누부라 계곡의 디스킷이나 파나믹 같은 오지 마을에서도 자녀들을 가까운 레도 아닌 멀리 잠무에까지 유학을 보내는 것을 보면 그저 놀라울 뿐이다. 과연 배움이란 행복에의 첫걸음일지, 아니면 시련에의 첫걸음일지…….

또 다시 이사하다

해만 떠오르면 어김없이 창밖에서 아이들 떠드는 소리가 들려온다.

　또 다시 쉐남의 앙모네 집을 나와 새로운 집으로 이사를 가게 됐다. 앙모 아버지가 지난달부터 장남의 뒷바라지를 위해 찬디가르에 가 있는 상태고, 현재 남아 있는 두 식구마저도 방학 동안 외가에 가 있어야 할 일이 생겨 어쩔 수 없이 집을 비우게 되었다는 것이다. 그래서 우리는 이사해야 할 새로운 집을 물색하다가 같은 마을에 살고 있는 김영숙 씨의 집으로 옮기게 되었다. 마침 김영숙 씨는 비자를 연장하기 위해 태국에 나갔다 돌아오는 길에 마날리에 들러 미진한 부분의 간호사 연수를 받은 후 내년 4월이나 되어야 다시 돌아올 계획이라고 했는데, 그렇게 되면 현재 머물고 있는 방을 넉 달 가량 비우게 돼 그 사이에 우리가 그 방을 빌려 쓰면 좋겠다고 생각한 것이다.

　새로운 집의 가족 구성원은 할아버지와 아버지, 어머니, 그리고 어린 삼남매 하여 모두 여섯 식구로, 할머니는 오래전에 병으로 돌아가셨다고 한다. 애당초 우리들의 바람인 삼대가 함께 살고 있는 가정이라 마음에 들었다. 올해 일흔네 살인 할아버지는 날만 밝으면 양지쪽에 나가 소일을 하며, 어머니는 가사 일을, 아버지는 엄마보다 네 살 연하로 발전소에서 일하고 있다. 또 첫째 아이는 딸인데 이름이 앙모이고, 둘째는 사내아이로 파드마, 막내 역시 사내아이로 지그메트다.

이미 이 집에 이사 들어오기 전부터 얼마간 왕래도 있었고, 김영숙 씨에게 집안 내력도 어느 정도 들은 바 있어 집 식구들과 어울리기에는 그리 낯설지 않다. 그리고 무엇보다 반가운 것은 앙모 아버지와 어머니가 성격 차이로 일 년 반 동안 별거를 해왔는데 집을 나갔던 아버지가 한 달 전에 다시 돌아와 집 안에 웃음꽃이 피었다는 사실이다.

집에는 텃밭이 조금 있고 발랑(소)도 한 마리 있다. 그리고 오래된 살구나무가 다섯 그루 있는가 하면, 집 앞으로는 유라가 항상 경쾌하게 흐르고 있어 빨래하기도 편하다. 또한 전보다 레의 바자르와도 가까워 이래저래 우리가 생활하기엔 여러모로 편리한 집이다. 우리가 사용하는 방은 일층의 모서리 진 구석에 위치해 있는데, 남향과 서향으로 창이 나 있어 낮에는 난로를 피우지 않아도 좋을 만큼 방 안으로 드는 볕이 제법 따뜻하다. 그리고 해만 떠오르면 어김없이 창밖에서 아이들 떠드는 소리가 들려오는데, 그 소리가 싫지 않다. 이제는 아이들의 소음에 넉넉한 관용을 보일 만큼 내게도 적지 않은 세월의 흐름이 있었는가 보다.

앙모의 전성시대

바자르 골목을 지나다 보면 "앙모! 앙모!" 하며 앙모를 찾는 소리가 여기저기서 들려온다.

새로 이사를 오고서 흥미로운 것은 이 집 딸아이의 이름도 앙모라는 점이다. 가만 보면 앞으로 남은 두 달 동안 별다른 이변이 없는 한 일 년 내내 이 마을 저 마을의 앙모네 집으로만 빙빙 돌다가 라다크 생활을 마치게 될 것 같다.

라다크는 인구가 적어서인지 이름의 종류도 그다지 많지 않은데, 몇 안 되는 이름 가운데 가장 많이 불리고 있는 이름은 우선 남자 이름으로는 소남이고 여자 이름은 앙모다. 특히 앙모는 집집마다 없는 가정이 없을 정도로 여기저기 모두 앙모다. 처음 머물렀던 딕세 마을의 주인집 딸 이름도 앙모였고, 스톡에 살 때 소남의 조카 이름도 앙모였다. 그리고 쉐남 마을로 이사 와 살던 집 딸아이의 이름이 앙모였는가 하면, 그 바로 뒷집 아이도 역시 앙모였다. 그래서 때로는 뒷집 앙모가 앞집 앙모 집에 놀러 와 앙모끼리 텔레비전을 보다가 심심하면 그들의 친구인 앙모 이야기를 나누기도 했다. 그러므로 내가 원하는 앙모를 찾으려면 하우스 네임을 대며 어느 마을, 아무개 집 앙모라고 해야 알아듣는다.

그뿐만이 아니다. 전에 딕세에 살 적에는 주인집 아주머니가 아내와 나에게 라다크식 이름을 지어주었는데, 나는 '툭스탄 체왕'이고 집사람 역시 '디스킷 앙모'였다. 헌데 사람들과 인사를 나눌 때 자랑스러운 마음으로 라다크 이름을 소개하면 매번 상대방이 놀라움을 금치 못해 그 까닭을 알아본 즉, 황송하게도 라다크 왕 부처(현재 라다크 왕은 실권은 없으나 왕위는 인정되고 있는 상태이며, 겨울철이면 히말라야 너머 따뜻한 델리에 나가 지내다 여름철이면 스톡 마을에 있는 왕궁으로 돌아와 지낸다) 의 이름과 같아서였다. 그렇다고 개명을 하기도 그렇고 해서 '툭스탄 체왕'과 '디스킷 앙모'를 그대로 고수하고 있는 중이다. 어쨌든 우리 가족 중에도 어김없이 앙모가 한 사람 있는 셈이다.

이처럼 앙모가 많다 보니 사람들이 붐비는 바자르 골목을 지나다 보면 "앙모! 앙모!" 하며 앙모를 찾는 소리가 여기저기서 들려온다. 정말 라다크는 지금 앙모의 전성시대인가 보다.

해피 뉴이어

수많은 버터램프를 밝혀놓아 불꽃들이 흔들릴 때마다 몹시 황홀하였다.

지난밤엔 쉐남과 레 일대가 아름다운 화원을 연상시킬 정도로 야경이 아름다웠다. 멀리 바라보이는 스톡 마을의 불빛도 평소와는 달리 찬란해 보였고, 레 왕궁과 체모 곰파, 샨티 스투파, 그리고 타운의 웬만한 큰 건물들에는 반짝이는 수많은 꼬마전구들로 촘촘히 장식을 해놓아 새해를 맞는 이곳 사람들의 각별한 마음을 읽을 수 있었다. 물론 우리가 묵고 있는 앙모네 집에서도 수많은 버터램프를 밝혀놓아 불꽃들이 흔들릴 때마다 몹시 황홀하였다. 불이 켜지기 전 이 집의 젊은 두 내외가 다정하게 성냥불을 그어대며 버터램프를 하나씩, 하나씩 밝혀가는 모습이라니……. 과연 하늘의 왕국인 라다크에서나 볼 수 있는 아름다운 정경이다.

12월 24일 로사르. 다른 곳에서는 크리스마스이브에 해당되겠지만 이곳에서는 티베트력으로 1월 1일인 오늘이 설 명절이라 지난밤 그렇게 불을 밝혀놓았던 것이다. 더불어 발전소에서는 송구영신의 서비스로 전깃불도 평소와는 달리 한 시간 더 연장하여 12시까지 넣어주었다.

오늘은 새들이 지저귀듯 맑은 소음이 들려와 잠자리에서 일어났다. 창밖을 내다보니 새 옷으로 갈아입은 동네 꼬마들이 몰려와 양지쪽에서 공놀이를 하고 있었다. 온도계를 살펴보니 수은주는 영상 6도. 귓바퀴가 알알할 정도로 실내 기온이 떨어져 있었다. 그러나 밤사이 머리맡에 놓아둔 자리끼의 물은 얼지 않았다.

앙모 엄마가 반갑게도 오늘 저녁식사는 자기네 식구들과 함께 하자며 만찬 제의를 해왔다. 그러고서는 아무래도 우리의 식성이 신경 쓰였던지, 무슨 음식을 좋아하는지 부담 없이 말해보라고 하였다. 나는 잠시 망설이다가 바바 외에는 어떠한 라다크 음식도 다 좋다고 하였다. 그랬더니 한바탕 호들갑스럽게 웃고 나서는 실은 자기도 바바는 맛이 없다 한다. 우리 집에서 바바를 좋아하는 사람은 오직 구세대인 앙모 할아버지 한 사람뿐이라며 다시 한 번 호들갑스럽게 웃어댔다. 아마도 젊은 라다키들 사이에서도 바바는 예전 우리의 보리개떡처럼 애물단지 신세인가 보다. 그렇게 하여 저녁 7시에 이층 방에 모여 식사를 하기로 하였다.

오늘은 설날을 맞은 거리의 분위기도 살필 겸, 오랜만에 레스토랑에서 외식도 즐길 겸 하여 아내와 함께 거리로 나섰다. 기왕이면 앙모를 앞세우고 가는 것이 좋겠다 싶어 앙모를 찾았다.

"앙모! 해피 뉴 이어! 우리랑 바자르에 가지 않을래?"

"정말요? 좋아요!"

Hemis Gompa Festival

　나는 평소 한국식 영어를 구사하고, 이제 초등학교 2학년인 앙모는 라다크식 영어를 구사한다. 그런데 흥미로운 것은 한국식 영어와 라다크식 영어가 격돌할 때는 대체로 억양을 강하게 구사하는 쪽이 더 설득력을 갖는다. 라다키들하고만 놀아서인지 한국을 떠나온 지 일 년이 다 되어가는 요즘인데도 영어가 잘 되지 않는다. 언제나 지진아 수준이다. 비록 서툰 실력이었지만 그래도 지난 여름엔 콩글리시를 다채롭고, 화려하게 구사해가며 인도 대륙과 광활한 방글라데시 평원을 거침없이 누볐다. 언성을 높여가며 릭샤왈라와 다투었는가 하면, 특급열차 예매에도 어려움이 없었고, 병원에 갔을 때는 의사와도 비교적 원만하게 의사소통이 이루어져 병원 진료를 받는 데도 큰 어려움이 없었건만…….

　바자르에 가니 많은 사람들로 붐볐다. 평소에는 곤체이를 입지 않던 젊은이들도 오늘은 명절이라 그런지 자줏빛과 잿빛 곤체이를 입고 거리를 몰려다녔다. 대부분의 상가들은 철수를 했는데 식당, 선물가게, 티베트 마켓, 그리고 작은 구멍가게들은 문을 열고 장사를 하고 있었다.
　우리는 우선 선물가게에 들러 주인집 삼남매를 위해 장난감을 구입했다. 앙모를 위해선 소꿉장난 세트, 파드마를 위해선 배터리로 레일 위를 달리는 기차, 그리고 막내 지그메트를 위해선 플라스틱 자동차를 샀다. 그리고는 아무래도 집에 남아 있는 식구들이 마음에 걸려 제과점에서 'Happy Rosar!'라고 쓰인 케이크를 하나 샀다.
　선물을 모두 산 뒤, 우리는 레 타운에서 가장 분위기 좋은 레스토랑을 찾았다. 관광 시즌에는 그 많던 레스토랑들이 겨울로 접어드니 모두 문을 닫고 불과 두 세 곳밖에 영업을 하지 않았다. 레스토랑에 들어서니 부카리를 피워놓아 실내가 따뜻했다. 우리는 머리를 맞대고 무엇을 먹을까 한참이나 고심하다가 앙모는 뚝바(국수), 아내는 목목(만두), 나는 양고기볶음밥, 그리고 모두 함께 먹을 수 있는 요리로 양고기로 만든 스프링롤을 시키기로 했다. 주문을 한 뒤 딱히 두 손을 놓을 데도 마땅치 않아 앞에 놓여 있는 컵을 들어 따뜻한 물을 한 잔 들이켰더니 가슴이 행복해왔다. 아내는 말할 것도 없고 물 컵을 두 손으로 감싸 쥐고 있는 앙모의 검은 단발머리와 칠흑 같은 눈동자도 평소보다 더 빛나 보였다.

"앙모, 행복하니?"

"그럼요. 아주 행복해요. 꼭 하늘을 나는 새처럼……."

증기가 서린 희미한 창밖으론 설빔으로 단장한 라다키들이 함박웃음을 터뜨리며 분주히 거리를 오갔다. 간간이 손에는 선물 꾸러미를 든 사람들도 눈에 띄었다. 멀리 눈길을 주려니 히말라야엔 눈이 푸지게 내리고 있었다.

집으로 돌아와 저녁 7시가 되어 우리는 식사를 할 이층 방으로 올라갔다. 그사이 실내가 아주 깨끗하고 화려하다 싶을 정도로 잘 꾸며놓았다. 라다크에서는 보기 드물게 소파가 갖추어져 있었고, 한쪽 벽면은 이국적인 풍경의 엽서들로 장식되어 있었다. 그리고 방 모서리에는 장식장과 그 안에는 우리가 앙모에게 선물한 한국산 예쁜 필통과 하와이언 훌라춤을 추는 인형이 놓여 있었다. 모두 다 젊은 앙모 엄마의 서양 취향

이 그대로 드러나 있는 것 같았다. 어느새 텔레비전과 비디오 세트가 아래층의 주방에서 이층 방으로 옮겨와 있었다. 아마도 만찬 분위기를 돋우기 위해 일부러 그렇게 옮겨온 것 같았다.

앙모 엄마가 정성스럽게 마련해준 쌀밥과 그 위에 얹은 여러 가지 반찬으로 맛있게 식사를 마친 후, 우리는 만찬 2부 순서로 앙모의 라다키 춤을 감상했다. 그 춤 동작이 라다키 댄스뮤직 시디에 있는 것과 너무나 흡사해, 아내와 나는 앙모가 몸을 흔들며 춤을 추는 동안 계속해서 박수를 치며 감탄사를 연발하였다. 아마도 시간이 날 때마다 틈틈이 비디오 화면을 보고 연습해둔 것 같다. 그렇게 북적대는 사람들 속에서 무척이나 즐겁게 라다크의 설을 지냈다.

스톡 마을 나들이

한 땀 한 땀 모자를 뜨면서 얼마나 많은 슬픔과 한을 속으로 삭였을까…….

로사르 다음 날인 25일엔 스톡 마을의 앙모네 집을 방문하였다. 농한기라 식구들이 모두 따뜻한 이층 방에 모여 앉아 담소를 나누고 있었다. 그러나 앙모 아버지 체링만은 그 시간에 친구들과 어울려 마실을 가고 없었다. 식구들은 체링이 아마도 아무개네 집에서 남자들끼리 몰려 앉아 창을 마시고 있을 거라고 했다.

점심을 준비하는 사이 우리는 평소 안면이 있는 인도은행의 부매니저 집을 찾아갔다. 부매니저를 포함하여 모든 가족들이 부카리가 놓여 있는 아래층 부엌에 모여 앉아 시간을 보내고 있었다. 예고 없는 방문이었지만 '줄레!' 하고 모두들 자리에서 일어나 반가이 맞아주었다. 우리는 준비해 간 케이크를 선물로 내놓았고, 곧이어 다과가 나왔다.

"그동안 어떻게 지내셨어요? 통 얼굴을 못 뵈었네요."

"예, 집을 두 번씩이나 옮기는 바람에 한 번도 못 왔어요."

부매니저는 언제나 친절한 웃음을 잃지 않는다. 업무와 사람들로 몹시 붐비는 은행에서 만나도 친절과 미소가 여전한 사람이다.

그의 큰아들은 현재 델리에 나가 있다. 대학을 졸업하고 얼마 전 공무원 시험에 합격했노라고 한다. 인도에서는 공무원이 가장 좋은 선망의 직업이다. 휴일과 월급이 많고, 퇴직 후에는 연금 혜택을 확실하게 받을 수 있는 이점이 있기 때문이다. 둘째 딸아이는 현재 집에 남아 있고, 셋째 딸아이는 잠무에 유학을 가 있으며, 막내 아들은 초그람사에 있는 칼리지에 다니고 있다 한다.

그러나 뜻밖에도 집에 남아 있는 딸아이는 잘 듣지도 못할 뿐만 아니라, 말도 거의 하질 못한다고 한다. 그래서 주로 집 안에서 라다크의 전통 인형을 만들고 털실로 모자나 옷가지를 뜨면서 시간을 보낸다고 한다. 그러고 보니 그 아이는 끝까지 우리가 이야기하는 모습을 곁에 앉아 조용히 지켜보기만 할 뿐이었다. 듣지도 못하고, 말도 못하여 눈길만으로 의사소통을 해야 하는 그 아이는 모습이 마치 물이 흘러들기만 하고 나가질 않는 맑고도 잔잔한 초모리리 호수를 연상시켰다. 키도 늘씬하게 클 뿐만 아니라 모습도 은은한 처녀 아이가 농아라고 생각하니 마음이 퍽 측은해왔다.

시간이 흘러 자리에서 일어서려는데 부인이 잠시만 기다려달라 하고는 우리에게 그 딸아이가 떴다는 양털 모자를 하나씩 선물로 주었다. 너무나 고마웠다. 그러지 않아도 한겨울과 한여름에 쓸 모자는 준비해두었지만 봄가을에 쓸 모자가 마땅치 않던 터였다. 그나저나 한 땀 한 땀 모자를 뜨면서 얼마나 많은 슬픔과 한을 속으로 삭였을까……. 한국으로 돌아가면 한복을 입은, 칠흑 같은 머리를 쪽 진 단아한 한국 인형이나 하나 꼭 보내주어야겠다.

약속

라다크 고원에 겨울이 깊어지니, 고원이 더욱더 하늘 높이 떠오르는 것만 같다.

가뜩이나 해발 고도가 높고, 청명한 대기를 안고 있어 하늘과 지극히 가까워 보이는 이곳 라다크 고원에 겨울이 깊어지니, 고원이 더욱더 하늘 높이 떠오르는 것만 같다. 당나귀의 두 귀는 하늘 높은 줄 모르게 쫑긋 뻗어 있고, 이웃 마을 마소의 울음소리는 땅속 깊숙이 울려온다. 그리고 저 멀리 '아발레! 아말레!' 하며 아버지, 어머니를 찾는 아이들의 맑은 외침이 인더스 강 건너로부터 이곳까지 청명한 대기를 타고 건너올 것만 같다. 그야말로 '하늘의 왕국(Kingdom of the Sky)'이란 다소 초현실적인 이곳의 닉네임이 실감나는 계절이다.

삶의 궁극인 빈 하늘이 그리워 화실 이름도 '하늘밭'이라 작명을 해놓고도 내 평생 어느 시절에 요즘처럼 하늘과 가까이 살아보았는지……. 문 밖을 나서면 하얗게 서리 내린 길목에서 만날 것만 같은 여명의 눈동자들, 앙모, 남걀, 도르제, 룹장, 라모, 스탄진……. 나는 허리를 낮추어

박수를 치고, 때로는 힘차게 두 발을 구르며 그들에게로 다가간다. 그러고는 만나는 라다키들마다 거칠어진 두 손을 부여잡고 지난밤 잠자리가 춥지 않았느냐고 간곡히 안부를 묻는다. 장차 돌아갈 수 있는 하늘이 있기에 이승의 어떠한 쓰라림도 아름답기만 하다. 만일 내게 하늘이라는 희망과 믿음이 없다면 불확정성의 고해와 같은 이 세상을 어떻게 살아갈 수 있을까. 언젠가는 이루어지리라는 약속과 믿음이 있기에 그를 기다리며 한평생 기쁜 마음으로 살아간다. 물론 그 하늘이란 살아생전 큰 인식과 큰 기쁨에 이름을 말함이다.

약속이란 소중한 것이다. 비인격체인 자연도 정해진 약속에 따라 변화하거늘 하물며 서로 의지하며 살아가야만 하는 인간사에 있어서랴. 그러나 살아가면서, 때로는 크고 작은 약속들을 의도적으로 지키지 않아 마음을 상하게 하는 사람들이 있어 문제다. 특히 여러 형태의 약속 중 시간 약속이라는 것은 약속 중의 약속으로, 인간으로서의 신의를 검증할 수 있는 첫 관문이라고도 할 수 있을 것이다.

오래전의 일이지만 일찍이 내게는 같이 미술을 하는 친구가 있었다. 그런데 유감스럽게도 그에게는 매번 30~40분씩이나 늦게 약속 장소에 나타나는 좋지 않은 버릇이 있었다. 때로는 한 시간 가량이나 늦게 오기도 했다. 처음에는 무슨 바쁜 일이라도 있어 그러는 줄 알았다. 하지만 해를 거듭해도 그 습관은 고질병처럼 고쳐지지 않았다. 그래서 나는 그가 약속 시간에 늦는 데는 필시 의도적인 고의성이 있으리라는 심증을 갖게 되었다. 그러니까 약속 자체를 경시해서 상대방에게 자신의 존재를 비중 있게 현시(顯示)해 보이려는 의도 때문이 아닐까 하는 추측이었다.

그러던 차에 기회를 보아 그와 만나기로 약속을 해놓고 이번에는 내가 시간을 많이 늦추어 약속 장소에 나타나기로 작정했다. 매번 시간을 초과하여 기다리는 사람의 불편을 그가 느낄 수 있도록 해주어야겠다는 생각으로 몇 날 몇 시에 그의 작업실에서 만나기로 약속을 정했다. 사실 누군가를 필요 이상으로 오래 기다린다는 것은 무의미한 시간 속에 자신을 방치하고 있다는 자책감을 수반하게 되는 일이다. 더군다나 상대방이 좋은 관계를 대등하게 주고받아야만 할 친구 사이라면 상대방에 대한 자신의 위상이 이유도 없이 깎여내릴 위험마저 내포하고 있어서, 그에 따르는 심리적 고통은 더욱 감내하기가 어려워지지만. 물론 살아가다 보면 예외적인 경우도 있다. 가령 사랑스런 애인이라든가 여러모로 보아 사회적으로 선배나 어른과의 약속일 경우, 또는 뜻하지 않는 일로 인하여 상대방이 부득이하게 약속 시간을 지킬 수 없는 경우엔 오히려 그 기다림이 인간적인 미덕이 될 수도 있을 것이다.

마침내 나는 약속 날짜에 맞추어 일찌감치 그의 작업실 바로 아래층에 있는 찻집의 구석진 곳에 자리를 잡고 앉아 시간을 보내고 있었다. 그런데 약속 시간이 십 분 정도 지났을까, 이상하게도 친구가 자신의 작업실이 아닌 내가 시간을 보내고 있는 찻집으로 들어오는 것이 아닌가. 다행히 나는 외진 구석에 자리를 잡고 있어 들어서는 그와 마주치지는 않았다. 계속해서 나는 그의 동태를 지켜보았다. 하지만 어처구니없게도 그는 창가 쪽에 자리를 잡고 앉아 차를 주문한 뒤, 주간지를 이리 뒤적 저리 뒤적 하더니만 삼십 분이나 늦게 약속 장소인 이층 그의 작업실로 올라가는 것이었다.

그제야 그가 매번 30~40분씩이나 늦게 나타나는 경위를 알게 되었다. 그리고 그가 늦는 데는 그럴만한 어떤 까닭이 있어서가 아니라, 친구와의 약속 시간을 경시하고 있기 때문이라는 사실을 알았다. 솔직히 말해 나는 당시 그의 행동에 심한 배신감과 함께 몹시 당혹스러움을 느꼈다. 나아가 내 주변에 어떻게 저런 파렴치한 놈이 오랫동안 기생해왔나 하는 의문이 들기도 하였다. 그 후 그와는 마음으로부터 거리를 멀리할 수밖에 없었다. 신의의 첫걸음인 시간 약속을 가지고 장난을 하는 그가 앞으로 크고 작은 일에 부딪힐 때마다 나를 이용하거나 해할 것은 불을 보듯 너무나 뻔한 일이었다.

시간이 흘러 그는 대학과 학과의 결정이 자신의 순수 의지가 아니라 임시방편적인 선택이었는지, 지루한 생활의 권태를 씹다 못해 전공과는 다른 길로 빠져나갔다. 어쩐지 기회만 닿으면 사사건건 냉소를 보이던 그였다. 결국 유감스럽게도 그는 미술인으로서의 순혈(純血)이 아니었으며, 그와 함께했던 소중한 시간들이 무의미한 흐름 속으로 사라져버렸다고 생각하려니 약속, 그중에서도 하찮게 여겨질 수 있는 시간 약속의 소중함을 다시 한 번 생각해보게 된다.

장스카르에서 온 아이

가난은 은하수 건너 아름다운 성단과 자매결연을 한 마을이다.

윗동네인 창스파 마을에 살고 있는 앙모네 외가 아이들인 양찬과 스탄진 나돌이 가끔 우리 집으로 놀러를 오곤 하는데, 그중 나돌은 멀리 장스카르 골짜기의 룽낙이라는 마을에서 온 여자아이로 집에서 잔일을 시키기 위해 데려온 헬퍼, 그러니까 우리말로 가정부인 셈이다. 나이는 열다섯 살이고 뒤늦게 초등학교 4학년에 다니고 있다. 장스카르의 빠둠만 해도 큰길을 따라 가게들이 띄엄띄엄 늘어서 있어 별스런 물건이 아닌 한 생필품을 구입하는 데 큰 어려움이 없지만, 룽낙은 빠둠에서도 한참 동안이나 걸어 들어가야만 하는 곳이기에 그야말로 아무것도 살 수 없는 궁벽한 오지다. 레에서 그런대로 살 만한 집이나 부부가 함께 맞벌이를 하고 있어 일손이 달리는 가정에서는 거의 헬퍼를 두고 있다. 헬퍼는 주로 못사는 오지 마을인 장스카르나 누부라, 칼치, 다하누 같은 곳에서 데려온다고 한다. 보내는 쪽에서는 궁핍한 가정 사정에 한 식구라도 입

을 덜 수가 있어 좋고, 데려오는 쪽에서는 한 사람이라도 일손을 더 얻을 수 있어 좋다. 게다가 옷도 입혀주고, 학교에도 보내주니 오지 마을 사람들로서는 더없이 잘된 일이라 하지 않을 수 없다.

오늘 아침엔 그림 그릴 물을 뜨러 인근 샘터엘 다녀왔다. 심심했던지 나돌도 앙모의 동생 지그메트를 업고 말없이 내 뒤를 따랐다. 무엇인가 이야기를 나누어야 할 것 같아, 나는 한국이라는 나라에서 왔는데 혹시 아느냐니까 고개를 좌우로 흔들며 모른다 하였다. 그러면 미국은 아느냐니까 역시 모른단다. 이쯤 되고 보면 지구상의 어느 나라를 물어본다 한들 알 것 같지 않아, 마지막으로 그럼 인도는 아느냐니까 놀랍게도 자신의 나라인 인도도 모르겠다는 것이다. 순간 나의 머리는 기어가 빠진 엔진처럼 동력이 전달되지 않아 요란한 소음과 함께 공회전만 하였다. 잠시 정신을 가다듬은 다음, 그러면 네 나라 이름은 무엇이냐 하였더니 한참 동안이나 곰곰이 생각한 후 역시 고개를 좌우로 흔들며 모른다 하였다. 순간 나의 머리는 공회전마저 아예 멈추어버릴 것 같았다.

장스카르는 라다크의 어느 골짜기보다도 가난한 곳으로, 지난 여름 장스카르 트레킹 땐 주로 농가의 지붕 위에 올라 흙바닥 위에 자리를 펴놓고 먼지투성이인 채로 잠을 잤다. 눈만 뜨면 얼굴 위로 마구 쏟아져내려 마마 자국을 남기고 사라질 것만 같던 황홀한 별자리들, 바짓가랑이를 걷어올려 첨벙거리며 뛰놀고 싶던 은하수……. 오리온, 천칭, 거문고, 궁수, 처녀, 전갈, 물병자리 들을 좇으며 밤이 새도록 은하수를 거슬러내리다 보면 어느덧 나의 고향 내린천까지 가 닿을 수 있을 것만 같았다. 그때 나는 밤하늘의 모든 것이 낮은 곳으로 내려와 내 곁에 누워 깊은 숨을 몰아 쉴 때는 누구보다도 행복했다. 밤이 늦도록 잠이 오질 않아 나는 아내와 귀국 후의 계획에 관하여 얘기를 나누기도 했다. 한국으로 돌아가면 오늘 밤처럼 지붕 위에서도 잠을 잘 수 있는 라다크식 집을 지어놓고 살자고, 정원엔 하얀 쵸르텐도 세우고 웬만하면 지붕 위에 타르쵸 깃발도 날려 달밤이면 멀리 히말라야의 신령스러운 기운이나 마음껏 불러들여 살자고……

그날 밤 나는 장스카르 골짜기의 밤하늘을 바라보며 나의 몸과 마음이, 가난한 마을의 어느 집 지붕 위에 올라 머무를 때라야 비로소 멀리 있는 별들이 가슴까지 가까이 다가와 보인다는 사실을 알았다. 가난이라는 이름의 마을은 눈 앞의 세속과는 거리가 먼 사람들이 모여 살고 있는, 은하수 건너 아름다운 성단과 자매 결연을 한 마을이기에……. 그러고 보면 자신의 나라가 인도라는 사실조차도 모르고 지내는 장스카르 아이 나돌은 눈앞의 인도보다도 먼, 미국보다도 먼, 한국보다도 멀고 먼 아득한 나라를 꿈꾸며 살아가고 있는지도 모르겠다.

해바라기 하기

히말라야의 겨울 빛이 눈물겹도록 따사롭다.

귓속으로부터 가랑잎 구르는 소리가 들려오는 것을 보니, 귓속에 귀지가 들어 있는 모양이다. 가만히 들어보면 생쥐라도 한 마리 숨어 있는 것 같다. 그래서 그런지 내가 턱뼈가 빠져라 하품을 하면 귓속의 귀지도 함께 슥— 소리를 내어 하품을 하고, 내가 기침을 하면 귀지도 덩달아 덜커덩 덜커덩 기침을 한다. 오늘은 사태가 더욱 발전하여 아예 귓속에서 부스럭거리며 난장판을 벌이고 있는 중이다. 밤사이에 귀지가 새끼까지 쳤나 보다.

토담 벽 아래 쪼그려 앉아 귀지들 노는 소리를 들으며 눈을 감으려니, 히말라야의 겨울 빛이 눈물겹도록 따사롭다.

슬픈 영화 〈사랑〉

어느 감정보다 슬픔의 정서는 우리의 삶을 한 단계 더 격조 있는 곳으로 높여준다.

창 너머 히말라야의 만년설을 바라보며 식사를 하려니 끼니마다 아침식사를 하는 기분이다. 아침에도 아침식사, 점심에도 아침식사, 저녁에도 아침식사……. 그처럼 히말라야는 항시 나의 가슴에 생의 첫출발과도 같은 찬란하고도 무량한 서기를 뿌려준다.

아침식사 후 아내와 함께 폴로 경기장 뒤편에 있는 레 극장에서 영화를 보았다. 제목은 '사랑(Tse-sems)'으로, 라다크판 러브스토리였다. 유사 이래 라다크에서 기획하고 제작한 첫 영화라는데, 그래서 그런지 200석 규모의 작지 않은 영화관임에도 불구하고 연일 관람자들로 대만원을 이루고 있었다. 현재 1인당 입장료 50루피, 오전 11시와 오후 2시 15분, 이렇게 하루에 두 차례씩 상영하고 있으며, 지난 15일부터 현재까지 일주일 동안이나 계속해서 상영 중인데도 사람들이 기대 이상으로 많이 몰려 앞으로 닷새간은 더 연장하여 상영할 계획이라 한다. 그리고 인도 영화가 그렇듯 이 영화도 그 영향을 받아 간간이 노래와 춤을 곁들이는 뮤지컬적인 요소가 가미되었다.

젊은 앙모 엄마는 너무나 슬퍼서 영화를 두 번씩이나 보았다는데, 영화를 보고 온 후로는 며칠째 집안일을 하면서도 상사병을 앓는 사람처럼 계속 영화 주제가만을 흥얼거리고 있다. 그러면서 라다키 아주머니답지 않게 자기도 그런 사랑을 한번 해보고 싶다면서, 그 소리가 객쩍었던지 한바탕 호들갑스럽게 웃었다.

난방도 되지 않는 썰렁하면서도 허름한 극장엘 들어서려니 어렸을 적 지포리의 역시 허름한 극장이 떠오르면서, 극장 변소의 협소한 창문을 통해 몰래 들어가려다 극장 직원한테 발각되어 극장 문 앞에서 무릎을 꿇고 두 손을 든 채 벌을 섰던 기억이 난다. 그 당시 변소 창문이 너무나 작아 직경이 아이들 몸통이 억지로 통과할 만큼의 넓이였는데, 두 팔을 먼저 창틀 속으로 집어넣은 다음 그 뒤를 따라 거꾸로 머리를 넣고, 이어서 몸통과 다리까지 집어넣으면 거사가 거의 성공적으로 끝나게 되어 있었다. 하지만 팔과 머리가 먼저 들어가기 때문에 자칫 균형을 잃어 바닥에 손을 잘못 짚는 날이면, 코 앞에 변기구가 어른거리는 재수 없는 일도 생겨 여간 조심을 하지 않으면 안 되었다.

나이가 찬 이후로는 다큐멘터리류 외에는 영화나 드라마 보기를 별로 좋아하지 않는데, 이번 건은 라다크 사회를 이해하는 데 영화 감상보다 더 좋은 지름길은 없을 것 같아서였다. 〈간디〉를 마지막으로 본 이후 첫 영화 관람이니까 아마도 13~4년 만에 처음으로 영화를 본 것이 아닌가 싶다.

〈사랑〉은 사랑하는 청춘 남녀 사이에서 일어날 법한 슬픈 스토리의 영화였다. 여자의 집은 대단한 갑부 집인 데 비하여, 남자 쪽 집안은 지독히도 가난하다. 그렇게 외형상 남 보기에 서로 조화를 이루기 어렵다는 사유가 현실의 장애로 나타나면서 사랑의 비극은 시작된다.

두 남녀는 초등학교 시절부터 학교 학예회 행사에도 함께 출연하는 등 대단히 가까운 단짝 사이였고, 그러한 좋은 관계는 청춘이라는 나이에 이르러서까지도 계속되었는데, 점점 혼기가 가까워지자 여자 쪽 집안에서 극렬하게 두 남녀의 교제를 반대한 것이다. 결국 후속 조처로 여자는 부모의 강권에 의해 약혼을 하게 되었다. 그러나 옛사랑을 잊지 못해 하던 여자는 마침내 칼로 자신의 동맥을 끊어 자살을 기도하고, 급기야는 앰뷸런스에 실려 병원으로 가는 일이 발생한다. 그 모습에 사색이 된 여자 쪽 부모는 결국 두 남녀의 사랑을 허락하게 되면서 영화는 해피엔딩으로 막을 내린다.

상영 도중 캄캄한 영화관 안에서는 사람들의 흐느끼는 소리가 여기저기서 들려왔다. 여자에게는 이미 혼처가 정해져 있는 상태, 비통하리만치 슬픈 주제가가 반복하여 흘러나오는 가운데 가까스로 연말 파티장에서 조우하게 된 두 남녀가 남 몰래 애절하게 눈길을 주고받는 그 장엄하리만치 비극적인 장면 앞에서 누군들 눈물을 흘리지 않을 재간이 있을까……. 이야기 전개로 보아 그럴 만도 하겠다는 생각이 들었다. 이 나이에 이르기까지 온갖 너절한 자본주의적 감상놀음에 이골이 날 대로 난 나 역시도 그럴 뻔했으니까.

왜 사람들은 슬픈 영화를 좋아할까? 신파조인지 대중조인지는 잘 모르겠지만 한국의 〈미워도 다시 한 번〉이라든가 라다크의 〈사랑〉과 같은 슬픈 영화가 어렵지 않게 흥행에 성공을 거두는 것을 보면 대체로 우리의 가슴속에는 누구나 남의 고통을 자기의 것으로 받아들일 수 있는 선한 인자가 내재해 있는 것 같다. 그리고 보다 엄연한 사실은 살아가면서 다른 어떤 감정보다도 슬픔의 정서가 우리의 삶을 한 단계 더 격조 있는 곳으로 높여줌과 동시에, 인간의 삶이나 자연을 폭 넓게 이해하고 포용하는 계기를 만들어주는 것 같다. 내 비록 영화를 보며 울지는 않았지만 극장 문을 나설 때 많은 사람들의 눈가에 눈물 자국이 버적이는 것을 바라보려니 새삼 라다키들의 깨끗하고도 선한 모습이 친근감 있게 다가와 보였다. 마치 히말라야처럼.

그믐밤

별자리들은 저희끼리 탈춤 판이라도 벌인 듯, 얼쑤~ 한다.

긴긴 히말라야의 겨울 밤을 어떻게 보내야 할까……. 집사람은 저녁 시간이면 거의 일 년 내내 스웨터 한 벌 뜨느라 바쁘고, 주인집 식구들은 식사를 마치자마자 이미 잠자리에 들었다. 이럴 땐 어디 시원한 동치미 국물 같은 것이라도 있으면 좋을 텐데……. 예로부터 한국인의 겨울 밤 정서 장애에는 시원한 동치미 국물이 제격이다. 생각다 못해 밖에 나가 가게를 찾았다. 콜라라도 사 올까 해서였다.

캄캄한 그믐밤이라 별자리들은 저희끼리 탈춤 판이라도 벌인 듯 얼 쑤~ 하는 고함소리와 함께 안광들이 섬뜩하고, 밤이 깊어가면서 은하 수는 히말라야에서 카라코람 산맥 쪽으로 물머리를 장엄하게 회전시키 고 있다. 다행히 한 집이 늦게까지 쪽문을 열어놓았다. 콜라를 사들고 돌아와 콜라 한 잔에 쇼스타코비치의 〈로망스〉를 들으며 겨울 밤의 적 적함을 달래본다. 감미롭고 부드러운 첼로 선율이 나를 무척추동물처

럼 뼈마디를 해체시켜 나직이 저변으로 누인다. 그러고는 뜬금없는 소
리로 내게 속삭인다. '세상의 모든 것들과 화해 하세요⋯⋯.'

어른스러운 라다키 아이들

웃음을 앞세우고 찾아오는 행복이란 청결 상태와는 무관한 정서인 것 같다.

"아줌마 물 뜨러 안 가?"

이 집의 둘째 아들인 네 살짜리 파드마가 아침 일찍 우리 방문을 열고 서는 묻는다. 손에는 식용유 통을 재활용해 사용하는 작은 플라스틱 물통이 들려 있다. 집사람은 아직 잠이 가시질 않아 잠자리에 누워 있는 상태다. 하지만 어린 파드마의 그 모습이 귀엽기도 하고 기특하기도 하여 알았다고 해놓고서는 주섬주섬 옷을 갈아입는다.

라다크의 아이들은 한국 아이들에 비해 하는 짓이 어른스러워 보인다. 일찍이 어렸을 때부터 바쁜 엄마를 대신해 동생들을 업어 보살피는 것은 기본이다. 여덟 살짜리가 네 살짜리 동생을 업어 보살피는데, 아직 응석받이라 할 수 있는 네 살짜리가 두 살짜리 동생을 애틋한 마음으로 데리고 논다. 그런가 하면 엄마의 심부름을 불평 한 마디 없이 해내기도 한다.

오늘 아침에도 네 살짜리 파드마가 추워서 양 볼과 손등이 벌겋게 달아오른 채로 멀리 샘터까지 가서 물을 길어오는 것을 보면, 어린 나이에 비해 하는 짓이 너무나 어른스럽다는 생각이 든다. 한국 같으면 대부분의 아이들이 투정을 부리면서 하지 않았을 텐데……. 따뜻한 방 안에 들어앉아 텔레비전을 본다거나 게임, 아니면 공부를 할 수도 있을 것이다. 하기야 한국의 아이들이 라다크 아이들처럼 엄마 심부름이나 하면서 시간을 보낼 한가로운 신분(?)이 아닐 테지……. 우리네 아이들은 학원에 다녀오랴, 과외 수업 받으랴, 숙제하랴, 사실 어른 이상으로 바쁘다. 어쩌면 물을 떠 온다거나 가게에 가서 물건을 사 오는 등 아이들이나 할 허드레 정도의 일이라면 슈퍼마켓에 배달을 시킨다거나 최소한 집 안에 시설을 갖추고 있어 굳이 집 밖으로 심부름을 나다닐 필요가 거의 없을 것이다.

아무튼 라다키 아이들의 그 어른스러움은 심부름을 잘 하는 것만으로 그치지 않는다. 한번은 집 앞의 유라에서 양치를 하려는데 방에서 이를 지켜보던 앙모가 밖으로 뛰어나오며 "아저씨! 그곳에서 양치하면 안 돼요" 하는 것이었다. 나도 라다크의 유라는 마을에서 일급수 수준으로 관리를 하고 있어 그곳에 오물을 투기하면 안 된다는 것쯤을 모르는 바 아니지만, 이곳 레 일대의 유라는 시골과는 달라 아무리 살펴보아도 쓰레기로 많이 오염되어 있는 상태다. 마을 사람들은 그래도 물이 깨끗하다며 이곳에서 빨래를 하고 있지만 집사람은 물이 지저분하다며 매번 이곳에서 멀리 떨어져 있는 샘터까지 가 빨래를 하곤 한다. 역시 내 보기에도 물이 그다지 깨끗하지 않아 양치 정도는 해도 좋을 줄 알았는데, 전래적으로 내려오는 이곳의 관습이 그렇다 보니 여덟 살짜리 앙모가 조건 반사적으로 내게 그렇게 주의를 준 것 같다.

　기왕에 깨끗하지 못한 물 이야기가 나와서 하는 말인데, 라다키들의 청결 의식은 알다가도 모르겠다. 한마디로 한국 사람들처럼 깔끔하지가 못하다. 그럴 수밖에 없는 여러 가지 사정이 있겠는데, 우선 물을 충분히 쓸 수 없는 빈약한 수자원 때문이라고 볼 수 있겠고, 다음으로는 흙벽돌로 지어진 그들의 주거 환경이 한 원인이다. 그리고 바닥이 우리처럼 온돌이 아니어서 신발을 신고 실내를 출입하다 보니 집 안에 상습적으로 누적되는 흙먼지를 빗자루로 쓸어내기만 할 뿐, 물걸레를 이용하여 깔끔하게 훔쳐낼 수 없는 사정이 있기도 하다. 게다가 라다키들은 실내 벽면 쪽 바닥에 삼단 요를 깔아놓은 것과 같은, 좌석 겸 침상 위에까지도 신발을 신고 마구 올라앉기도 한다. 그것도 종잡을 수가 없어 누구는 신을 벗고 올라가고 누구는 신고 올라간다. 때로는 맨발로 흙바닥을 돌아다니다가 올라가 앉기도 하는데, 그러한 행동은 어린아이에서부터 할아버지에 이르기까지 거의 동일한 수준이다. 따라서 침상 위는 항상 흙먼지로 뒤범벅이 되곤 한다. 그래도 밤이 되면 그 위에 이부자리를 펴고 아무런 거리낌 없이 태평스럽게 잠들을 자곤 한다. 그나마 경제 사정이 넉넉하여 침대를 사용하는 집에서는 청결 상태가 비교적 양호한 편이다.
　아무튼 이처럼 흙먼지와 혼연일체가 되어 살아가면서도 라다키 가정에서는 밤이면 밤마다 두 살짜리 지그메트에서부터 일흔네 살의 할아버지에 이르기까지, 마치 간지럼을 타는 듯한 웃음소리가 떠나갈 줄 모른다. 그러니 웃음을 앞세우고 찾아오는 행복이란 청결 상태와는 무관한 정서인 것 같다. 생각하면 할수록 얄궂기만 한 행복이다. 나는 오늘도 앙모네 방에서 무슨 소리가 날까, 벽을 타고 들려오는 식구들의 두런거리는 소리에 밤이 깊어가는 줄도 모르고 귀를 기울이고 있다.

박수

박수를 받지 못할 때 전업 작가의 삶이란…….

박수를 받지 못할 때 전업 작가의 삶이란 얼마나 초라하고 비참해질 수 있는 것인 지…….

라다크여 안녕!

내 삶의 중심이 흔들릴 때면 다시 너를 찾아오리라.

2월로 들어선 지금, 나의 방 창 너머로는 봄이 오고 있다. 겨우내 얼음장 밑에서 우울이 읊조리던 유라 물소리가 점차 경쾌하게 들려오기 시작하며, 보리밭 이랑을 따라 달려오는 봄빛은 아이들의 어깨춤처럼 홍겹기만 하다. 그럭저럭 라다크에서의 생활도 봄, 여름, 가을, 겨울 사계절을 넘겨 어언 일 년이 다 되었다.

이제 나는 떠나야 한다. 눈을 감으니 지나온 나날들이 주마등처럼 스쳐 지나간다. 언제나 생의 첫발자국처럼 힘차게 땅을 구르며 가슴 벅차게 다가오는 히말라야 산맥, 밤이면 환영처럼 떠오르는 하얀 쵸르텐, 바람에 나부끼는 지붕 위의 오색 타르쵸, 질박하면서도 위엄 있어 보이는 하얀 슬래브식의 라다크 집, 설산의 눈 녹은 물을 열심히 실어 나르는 유라, 날개 접은 천사 당나귀, 주인에게 순명하는 털북숭이 야크와 조, 하늘을 찌를 듯한 유라트 나무, 나를 잠 못 이루게 했던 체스룰루 가시나무

덤불들, 여름날의 육감적인 셰아 꽃향기, 백척간두 벼랑에 올라 온몸으로 삶을 고뇌하는 승원, 붉은 가사의 라마, 그리고 그와 더불어 살아가는 소박한 라다키들……. 이 모든 것들이 나의 가슴에 뚜렷이 각인되어 깊은 감회에 젖게 한다. 특히 저녁 이내가 긴 히말라야 산간 마을로부터 들려오는 아발레, 아말레를 찾던 아이들의 외침은 떠나려는 나의 발길을 더욱 무겁게 한다. 그 청아한 외침이 곧 행복을 부르는 소리라는 것을 떠날 때가 돼서야 뒤늦게 알게 되었다.

라다크에서의 생활은 나의 삶과 그림을 조용히, 그리고 깊이 있게 성찰할 수 있는 좋은 기회가 되어주었다. 특히 어렸을 때부터 호기심이 많던 나로서는 히말라야의 대자연과 더불어 살아가는 라다키들과 함께한 일 년은 비록 짧은 기간이었지만 생의 원형질과도 같은 삶의 극지에 대한 호기심을 해소시켜주기에 부족함이 없었다.

라다키의 삶은 듣던 바대로 분명 불편하고 가난하다. 한마디로 절박하다는 표현이 옳을 것이다. 그동안 그들이 살아가는 모습을 지켜보며 죄악에 가까운 우리의 과욕과 과소비적인 삶이 몹시 마음에 걸렸다. 나아가 겸허와 검약 정신으로 불편과 가난을 슬기롭게 극복하며 살아가는 라다키들의 모습을 거울삼아 우리의 삶을 새로이 출발해야 하지 않을까 하는 생각이 들기도 하였다. 라다크를 배우고자 함은 결코 불편하고 가난한 그들의 삶을 따라 살자는 뜻은 아닐 것이다. 욕심을 채우기 위한 무한질주, 게다가 게임의 규칙마저 실종되어 마치 시스템이 고장 난 자동차처럼 우리 사회가 미구에 맞게 될지도 모를 도덕적 파멸과 그로 인한 생의 좌절을 미연에 방지하자는 뜻일 것이다.

라다키에 비하면 우리의 삶은 행복에 이를 수 있는 여러 가지 조건을 두루 갖추고 있다. 그들이 원하는 대부분의 것들을 우리는 모두 소유하고 있기 때문이다. 그럼에도 불구하고 우리 사회의 행복 지수가 그들보다 낮은 이유는 그러한 물질적 풍요를 뒷받침해줄 수 있는 맑은 도덕적 기반이 취약하기 때문일 것이다. 그러고 보면 우리 사회의 풍요라는 것은 악취가 코를 찌르는 시궁창 속의 풍요나 다름없지 않을까. 어쩌면 사회 전반에 걸쳐 도덕적인 신선한 기풍이 진작될 때라야 비로소 우리가 찾는 샹그리라가 히말라야 너머 먼 곳에 있는 것이 아니라 우리가 살고 있는 바로 이곳임을 알게 될 것이다. 그리고 나처럼 행복을 찾아 방황하는 어리석고, 못난 화가가 더 이상 이 땅에 생겨나지 않으리라.

라다크의 절박성은 그들의 삶뿐만이 아니라 주위를 에워싼 자연에서도 체험할 수 있는데, 그런 점에서 나는 장스카르 트레킹을 잊을 수가 없다. 지구의 오지 라다크, 그중에서도 장스카르 계곡은 오지 중의 오지다. 그 장스카르 계곡을 지난 여름 9박 10일간의 일정으로 다녀왔다. 고개 정상 부근에 이르러서는 만년설을 밟고 넘어가기도 했는데, 참으로 놀라운 사실은 만년설이 지척에 있어 춥고 바람이 거센 고산지대임에도 불구하고 들꽃들이 피어 있다는 사실이다. 에델바이스는 물론 그 외의 수많은 이름 모를 꽃들이 있어 평생 갈증으로 살아온 이 화가의 가슴을 촉촉이 적셔주었다. 그러는 한편 기후와 토양이 척박한 곳에서 어떻게 저토록 아름다운 생명을 꽃피울 수 있을까 궁금해하기도 했다. 그래서 나는 들꽃 옆으로 다가가 최대한으로 자세를 낮추어 몸을 길게 뉘여보았다. 그랬더니 뜻밖에도 바람은 거의 느껴지지 않았고, 일조량도 좋아 몸이 몹시 따뜻해왔다. 마침내 연약한 들꽃들이 어떻게 이처럼 높은 히말라야 산 위에서 아름답게 꽃을 피울 수 있는가 알 수 있었다. 춥고 바람이 세찬 곳에서는 들꽃들이 키를 낮추듯 혼탁한 세태 속에서는 우리 모두 키를 낮추어 살아야 할 것이리라. 그래야만 우리의 마음속에 잠들어 있는 소중한 행복의 씨앗이 발아될 것이다.

비록 지난 일 년간 내가 체험한 라다크 사회가 고도의 도덕적 완결성을 갖춘 유토피아의 세계는 아니었지만, 하루하루 불필요한 소음이라든가 협잡과 갈등, 그리고 과다 경쟁 속에서 정서적 불안을 겪으며 살아온 한 사람으로서 라다크는 히말라야라는 대자연과 함께 어머니의 품속처럼 평화로운 곳이었다.

델리행 제트에어웨이 항공기가 레 공항을 이륙한 지 오 분쯤 되었을까? 비행기는 발진음을 한 차례 더 거세게 토해낸 후, 시야에서 희미하게 사라져가는 정든 라다크 땅을 뒤로한 채 삽시간에 히말라야로 들어섰다. 사방 어느 곳을 둘러보아도 염결한 흰빛 세상…… 마치 기체와 함께 화이트홀로 사라지는 것만 같았다. 툭스탄 체왕! 디스켓 앙모! 우리를 부르는 라다키들의 외침이 귓전에서 내내 떠나질 않는다. 아내는 연신 손수건으로 눈시울을 훔쳤고, 나는 마지막 인사를 고했다.

'내 삶의 중심이 흔들릴 때면 다시 너를 찾아오리라. 라다크여, 안녕!'

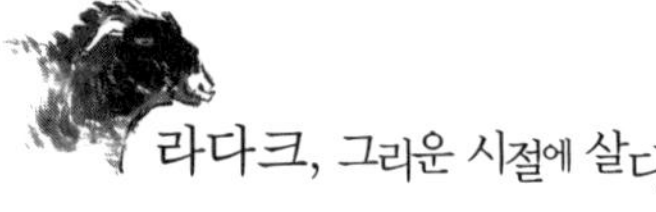

라다크, 그리운 시절에 살다

첫판 1쇄 펴낸날 2004년 12월 1일

지은이 최용건
펴낸이 김혜경   편집주간 김수진
기획편집국 김현정 위원석 박선경 박창희 권현진 손자영 이신혜
영업관리국 권혁관 이동혼 엄현진 임옥회 김동현 손정현
디자인 박정숙 오성희   제작 윤혜원
인쇄 한영인쇄   제책 영신사

펴낸곳 (주)도서출판 푸른숲
출판등록 2002년 7월 5일 제 406-2003-032호
주소 경기도 파주시 교하읍 문발리 파주출판도시
      529-3번지 푸른숲 빌딩, 우편번호 413-756
전화 031)955-1400(영업관리국), 031)955-1410(기획편집국)
팩시밀리 031)955-1406(영업관리국), 031)955-1424(기획편집국)
www.prunsoop.co.kr

ⓒ 최용건, 2004

ISBN 89-7184-421-3   03810

레 (Leh)

라다크에서 모든 탈 것은 이 지역의 교통, 행정, 교육, 경제의
중심지인 레를 출발하여 레로 돌아간다.

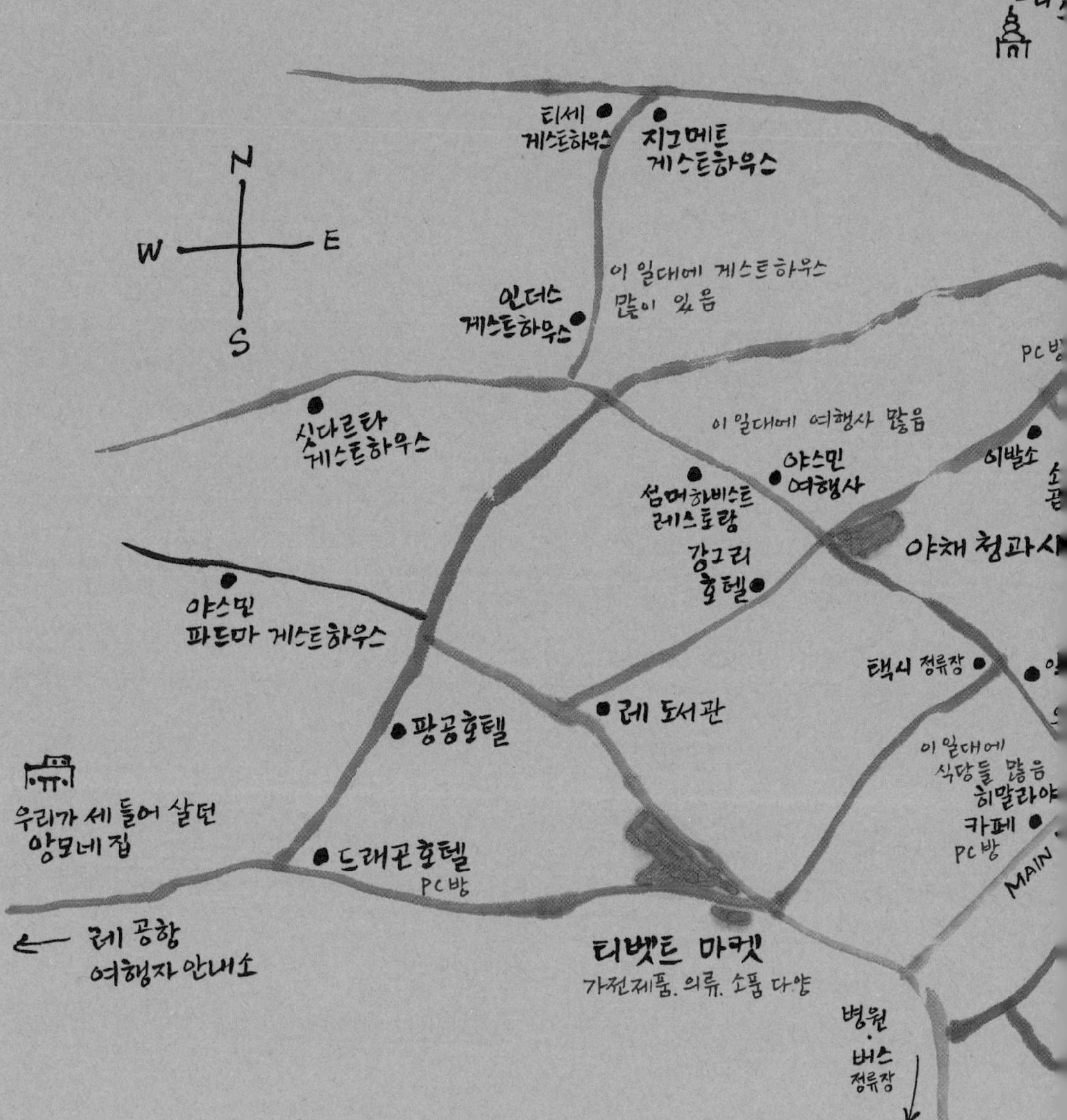

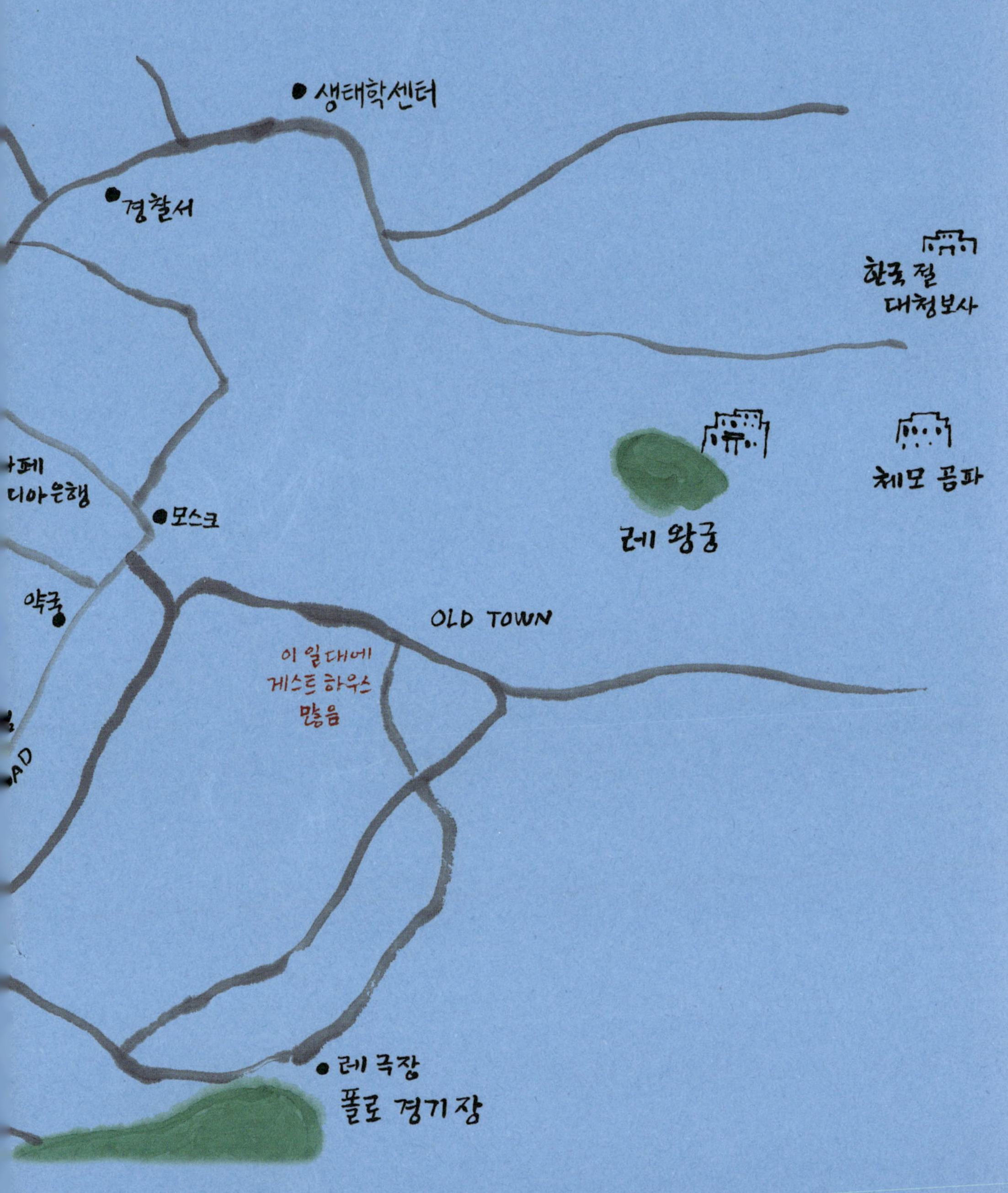
생태학센터
경찰서
한국 절
대청보사
레 왕궁
체모 곰파
+페
디아은행
모스크
약국
OLD TOWN
이 일대에
게스트 하우스
많음
ROAD
레 극장
폴로 경기장